DECA MEDIA

철경 1

초판 1쇄 2025년 10월 24일

지은이 솔하 · **발행인** 김정수 · **고문** 이종주
발행처 데카미디어 · **출판등록** 2025년 4월 17일
주소 서울시 영등포구 당산로 214 · **E-mail** tradejjang0@gmail.com
유통 · 판매 관리 (주)행운사 · **Tel** (031)901-1137 · **FAX** (031)901-4140
E-mail luckybogo222@naver.com · luckybogo222@daum.net

ISBN 979-11-7513-057-9 (1권)
ISBN 979-11-7513-056-2 04810 (세트)

솔하 신무협 장편소설
1
절경

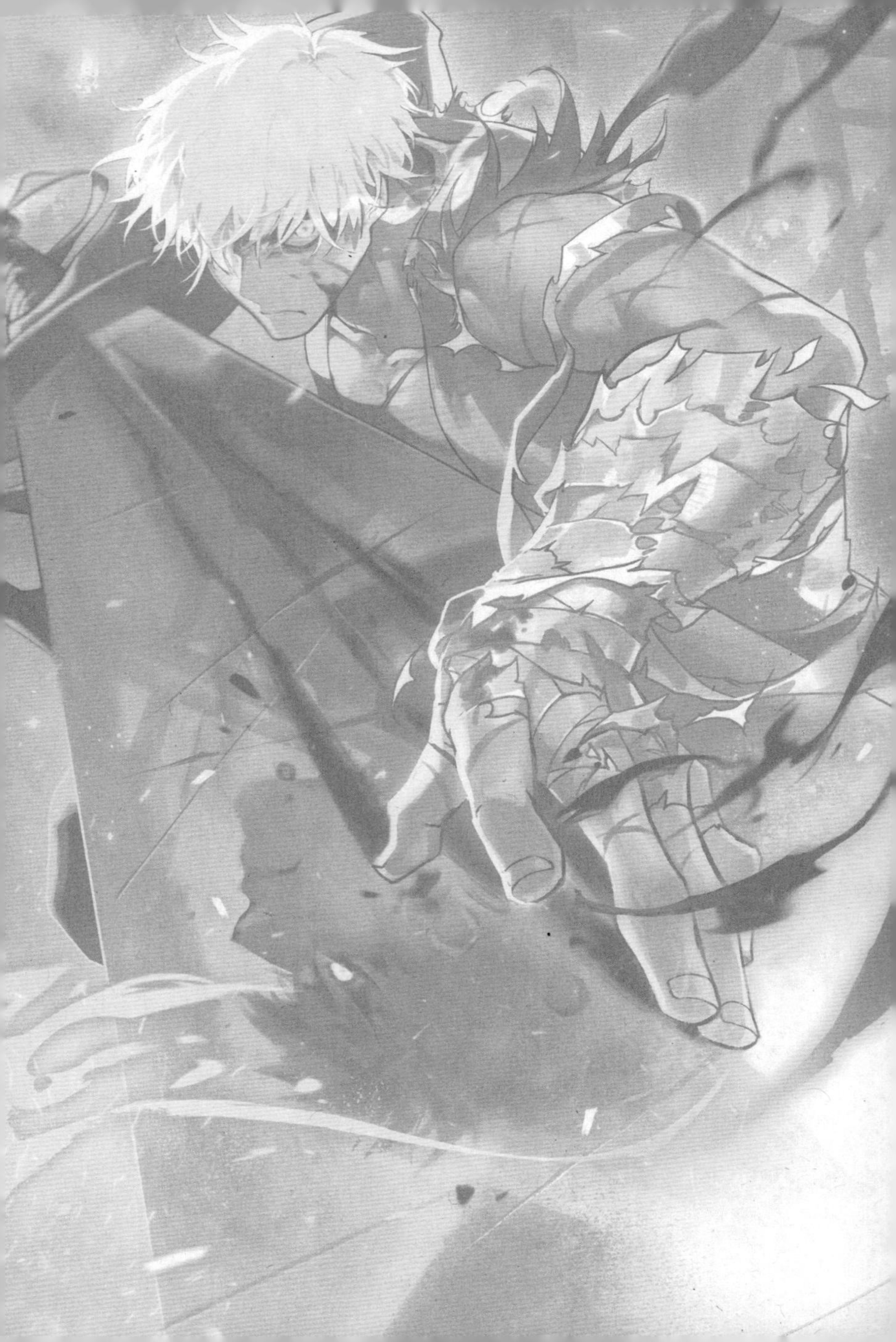

차 례

1장

열한 살?

그래. 열한 살이다.

내 인생에서 가장 행복했던 시간. 그때의 나는 여리고, 착했다. 그리고 가족이 있었다.

"도련님. 일어나셔야죠."

나긋한 목소리에 잠에서 깬다.

향긋한 차 향기에 눈을 떴다.

하녀들이 가져온 차는 섬서성에서만 난다는 귀한 철관음이었다.

그 후, 부드럽고 따뜻한 모피 옷을 하녀들이 입혀주었다.

우리 집은 꽤나 부유한 편이었다.

"오늘 아침 조식에는 아버님도 참석하신답니다."

그 말에 입꼬리가 스르르 올라간다.

아버지는 가족을 아끼는 분이셨다.

가능한 조식에 참석했고, 혹여나 먼 여행을 가신다면, 선물을 잔뜩 사 오셨다.

솔직히 아버지보다 선물을 더 기대했었다.

서둘러 방을 나섰다.

"하하하. 그래서 내가 그들에게 돈을 주고, 물건을 다 사 버렸지."

"좋은 일 하셨네요."

"그렇지? 하하하."

들어가는 입구부터 아버지의 너털웃음이 들린다.

호탕하고, 시원시원한 분이셨다. 평판도 좋았던 것 같다.

안으로 들어가자 제일 먼저 반겨주는 분은 어머니였다.

"어머, 우리 막내아들, 이제 일어났니?"

나를 꼭 안아주셨다.

사랑한다는 말과 함께, 매일 아침 따스함을 주셨다.

"야. 열한 살이나 먹었는데도 아직도 그러냐."

"그래. 이제는 어머니의 품속에서 벗어나지."

형들은 그런 나를 놀렸다. 하지만 난 어머니의 향기가 좋았다.

누나들도 한몫 거들었다.

"저 자식은 만날 귀여운 척한다니까."

"왜 부럽냐? 그런데 어떡하냐? 애교는 타고나는 건데."

"뭐라고? 무슨 뜻이야!"

"들어도 모르면 어쩔 수 없지."

"뭐라고?"

"그만들 해라."

우리 형제자매는 일곱이었다. 때문에 조찬은 언제나 시끌벅적, 야단법석이었다.

우린 매일 놀리고 싸웠고, 매일 화해했다. 그렇게 우린 친구 같았다. 새로운 놀이를 항상 찾아다녔다.

"야. 오늘 남피산에 가는 거 안 잊었지?"

"거기에 황소개구리 나오는 거 맞아?"

"확실하다니까. 자문이가 봤대."

"셋째 형, 그놈 말은 믿을 게 못 된다니까."

"아니야. 이번에는 확실하다고 했어."

"경아. 너도 갈 거지?"

"당연하지. 헤헤."

나는 웃음이 많았다. 그리고 애교도 많았다.

하지만 그해 겨울…….

나의 모든 것이 달라졌다.

"으아아악."

시끄러운 소리에 눈을 떴다.

순간 꿈인지, 현실인지 착각할 만큼 끔찍한 비명 소리였다.

그때 둘째 누나의 목소리가 들렸다.

"겨, 경아! 어서 일어나!"

심하게 떨리는 목소리였다. 그리고 첫째 누나도 뒤에 있었고, 울고 있었다.

"흐흐흑."

"누나, 왜 그래? 무슨 일이야?

"나중에 설명해 줄게. 지금은 빨리 가야 돼. 따라와."

둘째 누나가 나를 이끌었다.

방을 나서자 붉은 화마가 눈앞에 일렁인다. 처음 겪는 뜨거움이다.

정신을 차릴 수 없었다.

그리고 끔찍한 것들이 눈에 보였다.

죽고 죽이는 아비규환과 죽어 있는 시체들이었다.

"으아악."

"살려줘."

채앵. 챙.

"크윽."

"난 죽기 싫어."

"오아아악."

나는 눈을 감았다.

그저 누나가 이끄는 대로, 발만 움직였다.

"꺄악."

둘째 누나가 주저앉았다.

나도 모르게 눈을 떴고, 더 끔찍한 것을 보고 말았다.

부모님이 죽어 있었다.

그것은…….

너무 커다란 충격이었다.

어머니의 얼굴은 반쯤 갈라져 있었고, 아버지는 허리부터 잘려 나갔다.

그 모습은 낙인처럼, 내 머릿속에 새겨졌다.

"아이들부터 챙겨라!"

숙부들이 달려왔다.

그들은 나와 누나들을 안았고, 도망치듯 집을 빠져나왔다.

그 와중에 침입자들을 보았다.

모두 검은 복면을 썼었고, 사나운 눈빛으로 우리들을 따라왔다.

우리까지 죽이려 했던 것 같다. 다행히 숙부님들의 도움을 받았다.

나는 이날 몇 명이나 죽었는지 모른다. 하지만 대부분의 식솔들이 사라졌다는 건 알고 있었다.

부모님과 셋째 형을 제외하고, 나와 형제자매들은 살아남았다. 무공을 익힌 숙부님들 덕분이었다.

"형. 왜, 왜 이런 일이 생긴 거야?"

나는 큰형에게 물었다.

한참 후에 큰형은 대답해 주었다.

우리 집에 보물이 있었다고.

그리고 그걸 노리고 인면수심(人面獸心)한 자들이 습격한 것이라 말했다.

"모용세가와 구도 상단 개새끼들. 절대 가만두지 않을 거야."

뿌드득.

큰형은 이를 악물며 분노했다.

덕분에 나도 원수의 정체를 알게 되었다.

정파 무림의 오대세가 중 하나인 '모용세가'와 대륙 삼대 거상 중 하나인 '구도 상단'

당시에는 그들이 얼마나 대단한 곳인지 몰랐다.

다만 형들이 화를 내고, 누나들이 억울하다고 펑펑 울던 모습은 아직도 생각난다.

그리고 우린 '청해'라는 지역으로 도망쳤다.

그곳에 아버지의 지인이 있었는데, 잠시 몸을 의탁할 거라 들었다.

"도움을 주셔서 정말 감사합니다."

"아니네. 이럴수록 돕고 살아야지."

아버지의 친구 분은 인상이 너무 좋았다.

고생이 많았다며 다독여 주셨고, 자식 같다며 우리를 안아주셨다.

하지만 어이없게도, 다음 날 우리를 배신했다.

배가 고파 허겁지겁 밥을 먹는데 갑자기 칼을 든 자들이 나타난 것이다.

푸욱.

"크으윽. 당신이 어떻게……."

"흐흐흐. 나도 먹고 살아야지. 원망은 말거라."

"이러고도 무사할 것 같소."

"어리석구나. 무사하려고 이러는 거야. 이제 철씨 가문은 끝났거든."

"배신자."

"흐흐. 모두 죽여라."

차창.

창.

"으아악."

"저쪽으로 도망간다. 쫓아라."

우리는 다시 도망쳤다.

나는 이곳에서 다시 가족을 잃었다. 특히 하나뿐인 나의 여동생.

당시 일곱 살이었던 여동생의 죽음은 나에게는 큰 충격이었다.

한동안 말을 하지 못했다.

그 후에도 계속 힘들었다.

'혈노비'라는 무림의 사냥개들이 우릴 쫓아왔다. 우린 추위에 떨면서 반년간 쫓겨 다녔다. 그리고 아주 먼 새외로 도망쳤다.

그곳은 신강(新疆)이라 불렸고, 낯선 환경에 무척 힘들었다. 물도 제대로 마시지 못할 정도였다.

다행히 우리는 나포박호(羅布泊湖)라는 호숫가에서 정착했고, 잠시 숨을 고를 수 있었다.

그때까지 살아남은 사람은 아버지의 의제인 마 숙부와 둘째 형, 둘째 누나, 그리고 나뿐이다.

마 숙부는 내공을 잃었고, 둘째 형은 한 팔을 잃었지만, 다행이라며 펑펑 울었다.

그리고 죽은 식솔들을 애도했다.

무려 수백 명이 목숨을 잃었으니, 안타깝고 허탈했다.

그리고 억울했다.

"크흐흑."

"괜찮아. 우리가 살아남았잖아."

"그래. 살아만 있으면 돼. 그러면 복수할 수 있어."

그렇게 감정을 추스를 때.

마지막 불행이 찾아왔다.

"으하하하. 모두 죽여라."

"흐흐흐. 저년은 내 거야."

"어딜 도망가?"

마적단이었다.

그들은 잔인하고 악랄했고, 우리를 비롯해 호수 근처에 있는 사람들이 표적이었다.

모두 죽임을 당했으며, 나 역시 마찬가지였다.

배에 칼을 맞고 쓰러졌다.

죽은 줄 알았는데, 시체들 사이에서 눈을 떴다.

따뜻한 피가 점점 식어가는 게 느껴졌다.

이렇게 끝난 걸까?

내 옆에는 피범벅이 된 둘째 형이 죽어있었다. 이젠 슬픔도 느껴지지 않는다.

그냥 궁금했다.

'왜 우리 가족이지?'

그때 밤하늘은 유난히도 깨끗하고 아름다웠다.

난 그것을 보며 생각했다.

왜 우리 가족에게 이런 불행이 찾아온 걸까?

무슨 잘못을 저질렀나? 그게 죽어야 할 정도로 큰 죄였을까?

하지만 막내 여동생은 이제 겨우 일곱 살인데, 죽을 정도의 죄를 지었다고?

한참을 생각했고, 마침내 결론에 도달했다.

아니다.

우리는 죄를 짓지 않았다.

단지…… 힘이 약해서, 가진 것이 없어서 죽었을 뿐이다.

그것을 깨닫는 순간, 내 안의 무언가 부서졌다.

감정이라 부르는 것들이었다.

그것들이 사라지고, 오직 한 가지만 머릿속에 맴돌았다.

'그놈들에게도 똑같은 의문을 심어주고 싶다.'

그렇다. 그놈들도 내가 겪은, 우리 가족이 겪은 고통을 똑같이 느껴봐야 한다.

'복수다.'

그래. 난 복수를 해야겠다.

벌떡 일어났다.

거짓말처럼 힘이 넘쳐났다.

배가 찢어지게 아프고, 내장이 튀어나올 것 같았지만, 시쳇더미를 헤치며 빠져나왔다.

'난 살아나야 해.'

이를 악물었다.

살기 위해 무엇이든 할 수 있었다.

쳐다보지도 못했던 시체의 옷을 벗겨 입었다. 그리고 체력을 비축하기 위해 땅바닥에 떨어진 것을 먹었다.

상처를 치료하려면 돈이 필요했고, 도둑질도 했다.

그렇게 나는 살아남았다.

열두 살짜리에게 세상은 가혹했다.

나는 무슨 짓이든 해야만 했고, 어렵고 힘들게 이겨냈다. 독기와 복수심이 가득했기에, 못할 짓이 없었다.

다행히 난 머리가 좋고, 또래에 비해 덩치가 큰 편이다.

그렇게 일년을 버텼다.

"끌끌. 여기서 뭐 하누?

누군가 말을 걸었다.

어떤 노인인데, 배가 살짝 나올 정도로 살집이 있었다.

눈빛은 맑았고, 눈매가 살짝 처져 있는 것이 착해 보였다.

하지만 나는 더 이상 외모를 믿지 않았다.

대꾸조차 하지 않았다.

그런데 그 사람은 오히려 내 옆에 앉았다.

"허허. 여기 있으면 얼어 죽는다."

'귀찮은 노인네군.'

할 수 없이 입을 열었다.

"신경 쓰지 마세요."

"허허. 이 추운 겨울에, 죽을 것 같은 얼굴을 하고 있는데 그냥 갈 수가 있나?"

"그럼 돈을 주시든가요."

"허허허."

그는 돈 대신 다른 걸 제안했다.

"그냥 줄 수는 없고. 여기서 뭐 하는지 말해주면 만두를 사 주지."

거절하기에는 배가 너무 고팠다.

"좋아요."

그러자 노인은 가게로 달려가서, 만두 열 개를 사왔다.

나 하나를 주고, 본인도 먹으면서 물었다.

"이제 말해봐라. 왜 객잔 앞에서 한 시진을 넘게 서 있느냐?"

"……꿀꺽. 무공을 배우려고요."

나는 만두를 한입에 삼킨 후 대답했다. 그는 만두를 하나 더 주면서 물었다.

"무공을 배운다라? 객잔 앞에 서 있으면 누가 무공을 가르쳐 준다더냐?"

"한 시진 전에 천악패검이 객잔으로 들어가는 걸 봤거든요. 그 사람이 나오면 부탁하려고요."

"호오. 천악패검이라…… 그런데 그 녀석, 나쁜 놈인 건 알고 있니?"

"상관없어요."

천악패검은 근방에서 이름을 떨치고 있는 절정고수였다.

그가 제자를 찾는다는 소문을 우연히 들었다. 그래서 여기까지 찾아왔다.

객잔에 들어가고 싶었지만, 점소이가 쫓아냈다. 그래서 밖에서 기다리고 있는 것이다

노인은 물끄러미 나를 바라봤고, 다시 물었다.

"무공은 왜 배우려고?"

그는 다시 만두를 주었고, 나는 한입 물면서 대답했다.

"복수하려고요."

내가 어떤 사연이 있는지, 누구에게 복수하려고 하는지 자세히 물었다.

하지만 낯선 사람에게 내 사생활까지 말해줄 생각은 없었다.

입을 다물자, 다른 것을 물었다.

"그래도 나중을 생각하면, 착한 스승이 낫지 않을까?"

"무공을 배우는 게 중요하지, 착하고 나쁜 건 상관없어요. 그런 걸 따질 여유도 없고요."

노인은 내가 만두를 다 먹는 동안, 가만히 바라 보았다. 그리고 나에게 물었다.

"내가 가르쳐 줄까?"

"뭘요?"

"무공 말이야."

"싫은데요."

일말의 망설임도 없이 거절했다.

내 대답이 의외였는지, 노인이 다시 물었다.

"왜 싫은데?"

"내 원수들은 아주 세거든요."

"나도 센 편인데."

"강한 사람이면, 살이 찌면 안 되죠."

"허허허허."

노인은 크게 웃었다.

그리고 씁쓸한 미소로 말했다.

"맞다. 내가 그렇게 강하진 않지. 하지만 내가 가진 무공은 강하다. 한때는 천하에서 제일 강한 사람도 배출했어."

"네에. 네."

"요 녀석 보게. 안 믿네."

내가 대충 대답하자, 그가 일어섰다.

"안 되겠다. 백번 말하는 것보다 한 번 보여주는 게 낫지. 잘 봐라. 꼬마야."

"?"

"우연인지 몰라도, 내가 여기 온 이유가 천악패검 때문이거든. 마침 그 녀석이 나오는구나."

그의 시선을 좇아가니, 객잔 입구에서 한 사람이 걸어나왔다.

키가 매우 크고, 두 개의 검을 양쪽 어깨에 교차로 맨 무인이었다. 한쪽 볼에 두 개의 검상이 있는 걸 보니, 천악패검이 분명했다.

내가 끼어들 틈도 없었다.

어느새 노인은 천악패검 앞에 서 있었다.

그들이 무슨 얘기가 오갔는지 모른다. 하지만 천악패검이 먼저 검을 뽑았다.

채앵.

"이곳을 떠나라고? 크큭. 영감쟁이가 죽고 싶어 환장했구나."

"몹쓸 짓을 많이 하고 다녔더군."

"그래. 만약 나를 이긴다면, 조용히 떠나주지. 하지만 영감은 목숨을 내놔야 할거야."

그렇게 두 사람은 싸웠다.

아니, 싸웠다고 하기에는 금세 끝났다.

번쩍하더니, 천악패검이 바닥에 쓰러진 것이다.

노인이 그에게 경고했다.

"삼 일 내로 떠나게. 그러지 않으면, 팔을 하나 가져가지. 명심하게."

그분은 충분히 강했다.

나는 곧바로 달려갔다. 그리고 털썩 엎드렸다.

"무공을 배우고 싶습니다."

노인은 빙그레 웃으면서, 나를 일으켰다.

"태세전환이 너무 빠르지 않니?"

"저는 살고 싶으니까요."

그날로 나는 진천문에 입문했다.

무공을 배운 지 삼 년이 되던 해였다.

"허허허. 벌써 생어토결이 자리를 잡았구나. 축하한다."

나는 모른 척하고, 금강우내권만 수련했다.

"이놈아. 왜 말이 없어? 또 뭐가 불만이냐?"

"……."

사부님은 눈치가 빠른 편이다.

웃으면서 물으셨다.

"왜? 이 년 동안 죽자고 익혔는데. 내공이 손톱만 해서?

"……."

"도대체 언제 대성해서, 언제 복수하나 싶어서?"

"……비슷합니다."

"허허허. 본래 처음이 힘든 법이다. 눈덩이를 굴리듯, 내공은 금방 커질 테니, 걱정 말거라."

"네에."

대답을 했지만, 솔직히 불만이었다.

하루라도 빨리 그놈들을 찾아가고 싶으니까. 그래서 어서 후회를 심어주고 싶었다.

그런 불만과 조급함이 쌓여 있을 때였다.

사부님은 그런 내가 안타까운지, 나를 산 밑으로 데려갔다.

"맛있는 거 먹으면, 기분이 좋아질 거다."

우린 산속에서 생활했었다.

마을로 내려가는 길은 하나뿐이고, 항상 조용했었다.

그런데 오늘만은 달랐다.

퍼억. 퍽.

"으흑. 제발 그만하십시오. 죄송합니다."

"죄송하긴 뭘 죄송해? 맞으면 되지."

"흐흐흑. 아저씨 그만하세요."

"애새끼가 어딜 만져?"

퍼억.

건달로 보이는 네 명이 남자를 죽도록 패고 있었다. 심지어 남자의 아들로 보이는 어린아이까지 때렸다.

사부님은 저런 상황을 지나치지 못하신다.

"쯧쯧. 안 되겠구나. 여기서 기다려라."

"저 정도는 제가 처리하겠습니다."

내가 나서려 했다.

저런 쓰레기는 내가 상대할 수 있었다. 하지만 사부님은 내 얼굴을 보더니, 고개를 저었다.

"쯧쯧. 안 되겠다. 살기가 가득해. 그냥 내가 갔다 오마."

"또, 꿀밤 한 대 때리고, 놓아주시려고요?"

"허허."

"안 됩니다. 그렇게 해서는 저놈들, 절대 안 변합니다."

"그렇다고 만나는 놈마다 죽일 순 없지 않느냐?"

나는 이해하지 못했다. 솔직히 저런 놈들은, 전부 죽여도 괜찮다고 생각했다.

사부님이 그들에게 다가갔다.

"이보시게. 그만들 하시게."

"이 노인네는 뭐야?"

"영감. 송장 되기 싫으면, 가던 길이나 가시지."

"허허허. 입이 험한 친구들이구만."

사부님은 손을 휘저었고, 건달들을 단숨에 쓰러뜨렸다.

역시 죽이지 않으셨다.

다음으로 건달들한테 맞던 남자까지 치료해 주셨다.

그때 어린아이가 사부님께 다가갔다.

"흑흑. 할아버지, 도와주셔서 감사합니다."

"아이고. 너는 괜찮느냐?"

"네에."

"허허. 용감한 아이구나."

사부님이 아이의 머릴 쓰다듬는 순간이었다.

파파팟.

갑자기 가늘고 얇은 침 수백 개가 사부님을 덮쳤다. 번들거리는 것이 독까지 묻어 있었다.

방금 치료를 받던 남자의 짓이었다.

사부님은 침착하게 대응했다.

한 발짝 물러서면서 장포에 기를 불어넣어 넓게 펼치고, 암기를 막았다.

그런데 암기를 쓰는 살수가 한 명이 아니었다.

두 번째 암기의 주인은 열 살짜리 아이였다.

파파팟.

아이는 작은 통을 들고 있었고, 더 많은 독침이 쏟아졌다.

이건 사부님조차 예상 못 한 일이었다.

"크윽."

전력으로 피했지만, 팔뚝에 독침을 맞으셨다.

"사부님!"

놀라서 사부님께 달려갔다.

그동안 사부님은 살수들을 단숨에 쓰러뜨렸다. 하지만 독침을 맞은 왼손이 잔뜩 부어 있었다.

독이 얼마나 대단한지, 침을 뽑자 검은 피가 흘러나왔다.

사부님은 재빠르게 결단을 내리셨다.

서걱.

"으음."

스스로 왼팔을 자르셨다.

고통이 어마어마할 텐데. 눈썹조차 찡그리지 않으셨다.

그동안 나는 내 옷을 길게 찢었다. 사부님의 잘린 부분을 감싸고, 등을 내밀었다.

"업히세요. 사부님. 당장 의원에게 가야 합니다."

나이는 열다섯 살이지만, 이미 성인만큼 건장했었다.

충분히 사부님을 업을 수 있었다.

하지만 사부님은 오히려 나를 밀쳐냈다.

"경아. 물러서거라. 아직 끝나지 않았다."

"흐흐흐. 역시 보통 노인이 아니구나. 은성우모침을 맞고도 살아 있다니."

한 사람이 이쪽으로 걸어오고 있었다.

두 개의 검을 등에 차고, 뺨에 큰 흉터가 있는 남자.

삼 년 전 만났던 천악패검이었다.

당시 사부님께 당한 원한을 잊지 않았고, 다시 찾아온 것이다.

이번에는 내가 사부님 앞을 막아섰다.

"안 된다. 경아. 도망가라. 너는 아직 안 돼."

사부님이 외쳤지만, 모른 척했다.

그것보다 어떻게 하면 저놈을 이길 수 있을까? 그것만 생각했다.

"흐흐흐. 그래. 잘 생각했어. 어차피 둘 다 죽일 거니까."

천악패검은 건들거리며 웃었다. 검조차 뽑지도 않았다.

명백히 나를 무시하고 있었다.

'기회다. 처음 공격이 중요해.'

나는 심호흡을 하면서 생어토결을 일으켰다.

언젠가 사부님이 하신 말씀이 생각났다.

[싸움을 할 때는 내가 무슨 초식을 쓸지 고민할 시간은 없다. 그것보다 상대를 봐야 해. 상대방을 잘 보고, 주변 환경을 잘 살핀 후, 그 상황에 따라 초식이 튀어나와야지. 그래서 강한 무공보다 자신에게 익숙한 무공으로 싸워야 한다.]

그래서 가장 익숙한 금강우내권을 준비했다. 언제 어디서나 쓸 수 있는 무공이었다.

그리고 천악패검을 봤다.

그의 발자국, 숨소리, 흩날리는 머리카락 한 자락까지도 놓치지 않으려 애썼다.

어느새 천악패검이 삼 장 앞까지 다가왔다.

그는 히죽 웃었고, 그의 신형이 점점 빨라졌다. 그리고 어깨가 살짝 올리더니 그의 검이 사라졌다.

검을 휘두른 것이다.

'빠, 빠르다.'

생각보다 훨씬 빨랐고, 어디를 노리는지 알 수 없었다.

그 순간 어깨가 올라간 것이 생각났다.

목이다.

검토할 여지도 없이 고개를 숙였다.

쉬이익.

머리 위로 칼날이 지나갔다.

피부가 아릴 정도의 예기가 날카롭다. 머리카락이 제법 잘려 나간 것 같았다.

'이대로는 진다. 죽을 거야.'

긴장감이 극에 달했다.

머릿속이 하얗게 변했다. 아무것도 생각나지 않고, 오직 천악패검만 보였다.

두려움을 느낄수록, 더욱 집중하려 애썼다.

츠츠츠츳.

그때였다.

믿을 수 없는 일이 벌어졌다.

갑자기 눈앞이 환해진 것이다.

농담이 아니다.

마치 태양이 바로 옆에 있는 것처럼, 주변이 밝아졌다.

그리고 시야가 넓어지면서, 점점 확대되었다.

먼저 천악패검의 얼굴이 보인다.

그것도 너무 잘 보였다.

윗이빨 세 개를 살짝 보이면서 입술이 살짝 벌어졌다. 콧구멍 사이로 코털이 하나 삐져나왔고, 왼쪽 눈이 붉게 충혈되었다.

그것만이 아니었다.

그의 검이 보였다.

분명 조금 전에는 잔상도 보이지 않았는데, 검을 어깨 위로 올리고, 서서히 대각선으로 내려치는 모습이 정확히 보였다.

빛에 반짝이는 칼날은, 내 어깨를 노리고 서서히 떨어지고 있었다.

'왜? 왜 이렇게 느린 거지?'

이상함을 느끼면서, 몸을 비틀었다.

너무나도 쉽게 칼날을 피했다.

쉬이익.

"어?"

천악패검이 놀라서 다시 검을 휘두른다.

이번에도 미리 피했다. 그러고도 시간이 남아서 천악패검을 관찰했다.

검을 휘두르는 자세, 어깨, 검을 잡고 있는 손가락까지

보았다.

검의 손잡이를 엄지와 약지, 소지만으로 잡고 있었다. 검지와 중지는 손잡이의 결을 따라 세웠는데, 환검을 쓰는 자의 특징이었다.

단지 바라보는 것만으로 환검을 사용한다는 걸 파악했다.

손목은 가는 편인데, 왼쪽 부분이 살짝 부어 있었다. 검을 돌릴 때도 왼쪽으로 돌리다가 멈칫거린다.

관절염이라도 있는 걸까? 아무튼 왼쪽으로 휘두를 때, 불편해한다.

또 양쪽 어깨의 높낮이가 다르다. 두 개의 검을 쓰지만, 오른손을 더 많이 쓰는 것 같았다.

거기까지 생각했을 때 검이 얼굴 옆을 지나갔다.

쉬이익.

그런 식으로 십 초가 흘렀고, 나는 계속해서 피했다. 천악패검의 입이 살짝 벌어졌다. 눈이 흔들리는 것이 당황한다는 걸 알 수 있었다.

나 역시 당황스럽다.

왜 이런 일이 생기는지 모르니까.

하지만 지금은 고민보다 이놈을 쓰러뜨리는 게 우선이다.

쉬잇. 쉿. 쉿

“허억. 헉.”

하지만 쉽지 않았다.

내 공격이 먹히지 않는다.

천악패검도 쉽게 피해 버린다. 상대가 보여도 맞힐 수가 없었다.

'정공법으론 이길 수 없겠어.'

이번에는 주변을 둘러봤다.

슬쩍 바라봤는데도, 한눈에 파악되었다.

바닥에 돌이 몇 개 있는지, 정확히 어디 있는지, 흙의 색깔이 어디가 어떻게 다른지, 삼 장 밖에 날아다니는 파리의 움직임까지 보였다.

너무나 신기한 경험이지만, 이런 것들은 승부에 도움 되지 않는다.

그러다가 사부님을 공격했던 은성우모침을 발견했다.

일부는 바닥에 깔려 있었고, 또 일부는 사부님의 옷자락에 박혀 있었다.

'저걸 이용해야 하는데.'

살수들이 가지고 있는 소도도 발견했다.

순간, 그쪽으로 뛰었다.

뒤에서 천악패검의 검이 날아왔지만, 무시했다.

부우웅.

아예 바닥을 굴렀다.

그렇게 검을 피하면서 살수가 쓰러진 곳으로 다가갔다.

살수의 허리춤에 있는 소도를 뽑았고, 이번에는 사부님

근처로 굴러갔다.

“이 쥐새끼 같은 놈이…….”

다행히 천악패검은 화만 낼뿐, 나의 의도는 모르는 것 같았다.

그는 입술을 깨물면서 다른 한 개의 검을 뽑았다.

차아앙.

지금까지는 한 개의 검만 사용했지만, 이제는 자존심을 버린 것이다.

두 개의 검을 들고, 나를 쫓아왔다.

그동안 나는 사부님에 붙어서 우모침이 박혀 있던 옷자락을 잘랐다. 그걸 찔리지 않게 들고서 바닥을 다시 굴러다녔다.

쫘악.

서걱.

확실히 좀 전과는 다르다.

검이 날아오는 방향은 보였으나, 두 개의 검이 서로 호환하면서 피할 곳을 차단했다.

옷이 금방 찢어지고, 등에서 피가 흘렀다.

“허억. 헉. 헉.”

나는 기회를 노렸다.

“네 이놈! 그만 죽어라.”

천악패검이 두 개의 검을 교차로 휘둘렀다.

이 초식은 조금 전에 세 번이나 본 것이다.

나는 검을 아슬아슬하게 피하면서 속으로 파고들었다. 그리고 어깨로 그를 밀었다.

퍼억.

천악패검이 뒤로 밀렸다.

마침 바닥에 은성우모침이 깔려 있는 곳이다.

'제발 밟아라.'

그 우모침을 밟으면 간단히 끝난다. 그러기를 빌었지만, 내 바람은 통하지 않았다.

천악패검은 거기까지 밀리지 않았다.

'그래. 내가 언제 운 따위를 믿었던가?'

그런 건 믿지 않는다.

내가 직접 해결하면 돼.

나는 이를 악물며 달려갔다. 역시 천악패검도 달려오고 있었다.

"으아아악."

천악패검은 위에서 아래로, 두 개의 검을 차례로 내려쳤다.

굉장한 속도다.

간신히 피하면서 왼쪽으로 파고들었다. 예상대로 왼손은 덜 익숙하고, 왼쪽 팔목에 이상이 있었다. 그것 때문인지 검을 왼쪽으로 돌리는 것이 느렸다.

주먹을 뻗을 기회가 주어졌다.

'우내권 일점파쇄.'

파아악.

하지만 천악패검은 어느새 무릎을 들어 막아냈다. 너무 쉽게 막았고, 그의 눈가에는 비웃음이 가득했다.

'그래. 네 눈에는 조악해 보이겠지. 하지만 내가 노린 건, 다른 거야.'

나는 다시 구르면서, 들고 있던 사부님의 옷자락을 몰래 던졌다.

우모침이 박혀 있는 그것이었다.

위치는 천악패검이 바로 앞이다.

그가 발을 뻗는 거리까지 계산해서 던졌다.

그리고 일부러 고개를 내밀었다.

내 공격이 실패했기에, 천악패검은 방심했다.

그래서 쉽게 미끼를 물었다.

거리가 너무 가까웠기에 검을 휘두르진 않았다.

한 발짝 내디디며, 팔꿈치를 휘둘렀다.

콰직.

고개가 돌아가면서 눈앞이 캄캄해진다. 눈이 튀어날 정

도로 아팠고, 정신을 잃을 것 같았다.

그래도 정신을 붙잡으려 애썼다.

그러면서 옆으로 한 바퀴 굴렀다.

혹시 내 계획이 실패할 때를 대비했다.

“쿨럭. 쿨럭.”

하지만 그럴 필요가 없었다.

천악패검은 피를 토하고 있었다.

천악패검은 은성우모침을 밟은 것이다.

한두 개가 아니라, 수십 개의 침이었고, 독은 순식간에 퍼졌다.

그리고 천악패검에게는 독을 억누를 만한 내공이 없었다.

“쿠에엑.”

효과는 바로 드러났다.

그는 칠공에서 검은 피를 흘리며, 즉사했다.

내 생애 처음으로 사람을 죽였다.

“후우우.”

그런데 이게 뭐지?

의외로 아무렇지 않았다. 너무 멀쩡해서 이상하게 느낄 정도였다.

살수들이 살아 있는 것도 보였다.

나는 그들에게 다가갔다. 그리고 소도로 그들의 목을 찔렀다.

"크윽."

모두 죽은 것을 확인한 후에 일어섰다.

한 가지를 배웠다.

싸웠을 때는 반드시 죽여야 한다.

그런 다짐을 하면서, 사부님에게 달려갔다.

어서 의원에게 데려가야지.

그런데 사부님의 표정이 이상했다. 입을 멍하니 벌리고, 내 얼굴을 바라보고 있었다.

"말도 안 돼. 어떻게 이런 일이……."

마치 기적을 본 사람처럼, 굉장히 놀라셨다.

하긴, 무공을 배운 지 삼 년도 안 된 놈이 천악패검을 죽였으니, 대단한 일이지.

하지만 그런 것이 아니었다.

사부님은 내 눈을 보고, 놀라고 계셨다.

"오오. 금륜안. 금륜안이 나타났어."

사부님은 내 눈 주위를 어루만지면서 소리치셨다.

심지어 눈물까지 흘리며 기뻐하셨다.

"하늘이시여. 감사합니다. 진정으로 감사드립니다."

나는 의아했고, 소도를 들었다. 그리고 칼날에 비친 내 눈을 봤다.

깜짝 놀랐다.

지금 내 눈은 황금색으로 빛나고 있었다.

검은 눈동자 대신 노란 금빛이 반짝였고, 그 빛은 오묘하고도 신비로웠다.

처음으로 발현된 금륜안이었다.

나중에 사부님의 말씀을 들어보니, 과거에도 금륜안이 나타난 적이 있다고 한다. 우리 진천문을 세운 초대문주, 서문령이 그러했다.

그리고 당시 그분은 천하제일인이라고 불렸다고 자랑하셨다.

'그래. 그랬단 말이지?'

드디어 나에게도 기회가 찾아왔다.

그렇게 십삼 년이 흘렀다.

휘이이잉.

신강에는 황야가 많고, 바람이 매몰차다.

마치 바싹 마른 바람이 황야를 굴러다니는 느낌이었다.

그런 바람을 정면으로 맞으며, 나는 한 곳을 바라봤다.

작은 무덤이었다.

어젯밤에 돌아가신 사부님의 것이다. 오늘 아침에 직접 만들었다.

'몹쓸 병환으로 고생 많으셨습니다. 하늘에서는 부디 편

안하시길…….'

울컥하거나, 눈물 같은 건 흐르지 않았다.

미련이 남지 않도록 최선을 다했고, 충분한 시간을 같이 보냈었다.

그저 사부님의 마지막을 빌어줄 뿐이다.

다만 한 가지가 계속 마음에 걸렸다.

무덤 앞에는 놓여 있는 푸른색의 전낭 세 개.

저것이 문제였다.

사부님이 남기신 유언인데, 언뜻 손이 가지 않는다.

사부님의 숨은 의도를 알기 때문이다.

나는 복수를 해야 한다.

하지만 생전의 사부님은 그걸 원치 않으셨다.

그러니 유언은 일종의 함정이나 다름없다. 아마 그걸 가지는 순간, 나에게는 큰 족쇄가 될 것이다.

내가 그토록 열망했던 복수가 늦어질 것이다.

일 년? 오 년?

그 이상이 걸릴지도 모른다.

그 기간을 내가 참을 수 있을까?

나도 모르게 고개를 저었다.

못할 것 같다.

그렇다고 사부님의 유언을 무시할까?

그것 역시 아니다.

내가 이기적인 놈이지만, 사부님의 은혜는 알고 있었다.

복수를 한답시고, 은혜조차 모르는 호로자식(胡虜子息)이 되긴 싫었다.

나는 한참을 고민했고, 생각보다 간단하다는 걸 깨달았다.

'복수도 하고, 사부님의 유언도 따르면 되잖아.'

나는 세 개의 전낭을 집어서 품속에 넣었다.

내가 하고 싶은 건, '네 개의 복수'

그리고 사부님이 부탁하신 '세 가지 유언'

이걸 번갈아가며, 진행할 생각이었다.

'일단은 복수부터 해야지.'

그 첫 번째 복수는…….

마적단이다.

나는 떠날 채비를 했다.

금방 집을 정리하고 필요한 것만 챙겼다. 나머지는 전부 돈으로 바꾸고 '배민환'에게 만나자는 전서구를 보냈다.

이제 진짜 떠나기 직전이다.

마지막으로 사부님의 무덤을 바라봤다.

'사부님. 저, 이제 갑니다.'

그러자 사부님의 목소리가 들리는 것 같았다.

[이 녀석아. 그냥 갈 생각이냐?]

나는 무릎을 꿇고, 바닥이 부서져라 절을 올렸다.

"그동안…… 정말 감사했습니다."

쿠웅. 쿵.

그리고 뒤도 돌아보지 않고, 길을 떠났다.

과거에 귀영신투라 불리는 이가 있었다.

독보적인 신법(身法)을 뽐내는 양상군자(梁上君子)로, 재물에 관심이 많았다.

직업의 특성상, 남들이 숨기는 비밀을 자주 찾았는데, 후에 이것들이 큰 돈벌이가 된다는 걸 깨달았다. 그리고 귀영신투는 그 뒤로 재물을 훔치지 않았다. 정보를 훔쳐서 사고파는 일에 집중했다.

그렇게 세운 문파가 바로 무영문(無影門)이다.

현재는 무림에서 가장 유명한 정보 상인으로, 새외에도 분파를 둔 대문파로 성장했다.

그리고 이곳 신강의 지부장은 배민환이었다.

"지부장님. 오늘도 낚시 가십니까?"

"후후. 오늘은 다른 할 일이 있다네."

그의 나이는 예순이 넘었다.

실무에서 손을 뗀 지 오래고, 대부분의 일은 부지부장인

아들에게 넘겼다.

그리고 평소에는 여유롭게 강낚시를 즐겼다.

그런데 오늘은 조금 달랐다.

낚시 도구를 챙기는 대신, 아침 일찍부터 마차를 준비시켰다.

멀리 떠날 채비를 했다.

배민환의 행동에 온 집안이 술렁였다.

마침내 아들인 배중도의 귀에까지 들어갔다.

'무슨 일이시지?'

아버지는 정정하시지만, 나이가 많으셨다. 걱정되기도 하고, 궁금해서 찾아 나섰다.

마침 배민환이 마차에 오르기 전에 만날 수 있었다.

"아버님, 약속이 있으십니까?"

배민환은 아들이 올 줄 알았다는 듯, 미소를 지었다.

"타거라. 가면서 설명해 주마."

마차는 천천히 출발했고, 배민환이 입을 열었다.

"철경에게서 연락이 왔다."

배중도는 자신도 모르게, 고개를 끄덕였다.

아버지가 왜 서둘러 떠나시려는지, 금방 이해되었다.

철경.

아버지는 그 인물에 푹 빠져 있었다.

항상 관심을 보이셨고, 그와 관련된 일이면 발 벗고 나셨다.

'생각해 보니 첫 만남 때부터였어.'

오 년 전, 그놈이 처음 찾아온 날부터 무슨 요구를 하든 들어주었다.

그나마 공짜가 아닌 게 다행인데, 자세한 내용은 모른다.

둘이서 어떤 거래를 하는지, 어떤 대화가 오갔는지 철저히 비밀로 하셨다.

배중도는 한숨을 쉬었다.

"휴우. 오랜만이군요."

"대략 일 년 만이지."

"어떤 의뢰인데요?"

배민환은 대답 대신 빙그레 웃으셨다.

역시 말할 수 없다는 뜻이다.

"알겠습니다. 다음에 기회가 되면 말씀해 주세요."

배중도는 가볍게 대답하며, 마차에서 내리려 했다.

그런데 갑자기 마차가 먼저 섰다.

덜커덕.

두 사람이 의아한 듯 서로를 바라보았고, 곧 수하들의 목소리가 들렸다.

"지부장님, 본영에서 사람이 찾아왔습니다."

"본영에서?"

잠시 후, 검은 피풍의를 걸친 사람들이 나타났다. 그중

선두에 선 자가 다가왔다.

"장로님께 인사드립니다."

배민환은 쓴웃음을 지었다.

"장로직에서 물러나고, 일개 지부장이 된 지 십 년이 넘었네."

"아, 죄송합니다. 제가 말실수를……."

"됐어. 그나저나 이곳까지 무슨 일로 왔는가?"

"문주님께서 서찰을 보내셨습니다."

"문주께서?"

무영문의 현재 문주는 배민환을 좋아하지 않는다. 이렇게 연락을 보낸 건, 십 년 내에 딱 두 번 있었다.

'그런데 하필이면 이때……. 쯧.'

철경은 말년에 기대하는 유일한 즐거움이었다.

한동안 뜸하다가, 겨우 만나자는 연락을 받았는데.

갑자기 무영문주의 서찰이라니.

시기가 너무 절묘했다.

잠깐 고민했지만, 답은 정해져 있었다.

철경 일은 개인적인 일이고, 무영문주 일은 공적인 일이다. 그것도 문주가 직접 보냈다면, 보통 일이 아닐 것이다.

'그렇다고 철경 녀석이 기다려 줄 리 만무하고. 그 성격에 분명 다른 녀석을 찾아가겠지?'

몇 해 동안 공을 들였는데, 다른 녀석에게 뺏길 순 없었다.

어떡하든 그의 주변에 머물러야 했다.

갑자기 좋은 생각이 떠올랐다.

배민환은 본영에서 온 사람들에게 말했다.

"일각만 기다려주겠나? 남은 일을 정리해야 해서."

"알겠습니다."

"중요한 얘기라서 이십 장 정도 떨어져 주게."

사람들을 모두 물리고, 배민환은 마차로 들어왔다. 그리고 아들에게 말했다.

"어쩔 수 없구나. 네가 가야겠다."

"무슨 말씀이신지?"

"나 대신 철경을 만나란 뜻이다."

"네? 제가요?"

"그래. 너밖에 없다."

배중도는 솔직히 황당했다.

"아버님, 저도 할 일이 있습니다."

"안다. 하지만 이 일이 백배는 더 중요하다. 그러니 수하들에게 맡기고, 다녀오너라."

우리 무영문의 일보다 철경의 일이 백배는 더 중요하다고?

배중도는 참지 못하고 반박했다.

"아버님. 외람된 말이지만, 저는 철경을 오 년 전 딱 한 번 봤습니다. 그동안 무슨 일을 했고, 아버님과 어떤 거래가 있었는지 전혀 모릅니다. 게다가 그는 일개 의뢰인에 불과합니다. 그런데 우리 분타 일보다 중요하다니요? 그 말씀은 이해하기 힘듭니다."

"지금은 이해하기 힘들겠지. 하지만 그는 우리가 중원으로 돌아갈 수 있는 희망이다."

"네에? 중원이요?"

갑작스러운 말에 더욱 어리둥절했다.

"나는 물론이고, 너도 중원으로 들어가야지. 언제까지 새외에 머물 순 없다."

"그건 그렇지만…… 철경이 그걸 가능하게 해준다는 말입니까?"

"지금은 시간이 없으니, 나중에 자세히 설명해 주마. 일단은 내 말대로 하거라."

"흐음."

배민환은 항상 중원을 그리워했었다.

그 심정을 배중도도 알고 있었다.

"휴우. 알겠습니다. 제가 어떻게 하면 되겠습니까?"

배민환은 다행이라 생각하며 물었다.

"혹 철경의 얼굴은 기억하느냐?"

"네. 그는 쉽게 잊기 힘든 외형을 지녔으니까요."

아직도 생생하게 생각났다.

오 년 전, 비가 억수같이 쏟아지던 밤.

커다란 곰 같은 남자가 찾아왔었다.

키는 구척이 넘었고, 어깨는 자신이 양손을 벌린 것보다 넓었다.

팔뚝은 남자 허리만큼 굵었고, 다리도 두꺼워서 기둥으로 세워도 괜찮을 것 같았다.

천천히 다가오는데, 무공을 일으키지도 않았는데 묵직한 위압감이 느껴졌다.

"여기가 무영문 신강지부요?"

"누, 누구요?"

"의뢰를 하러 왔소."

바닥에 깔릴 정도로 낮은 목소리였다.

눈빛은 맑았고, 가라앉아 있었다.

한 번 보면, 절대 안 잊어버릴 정도로 강렬한 만남이었다.

배중도는 당시의 상황을 떠올리며 말했다.

"그는, 사부님을 치료할 약초가 필요하다고 했었죠."

몇 해 전 지독한 독에 걸렸고, 점점 악화되었다고 했다.

문제는, 신강은 지역 특징상 약초를 구하기 힘든 곳이다. 때문에 구하기도 힘들고, 상당히 비쌌다.

철경에게는 그만한 돈이 없었다.

그래서 대신 일을 해주겠다고 했었다. 그때 배중도가 물었다.

무공 실력이 어떠냐고?

"그렇게 갑자기 무영문의 무사와 대련이 벌어졌고, 철경이 가볍게 이겼죠."

'그러고 보니, 그때부터였구나. 아버지의 태도가 변한 것이…….'

그전에는 구경만 하시다가, 갑자기 본인이 나서서 철경을 상대하셨다.

"그래. 그 후로 너는 철경을 만난 적이 없지. 내가 직접 거래했으니까. 간단히 말해 물물교환을 했었다. 나는 철경이 필요한 것을 구해주고, 철경은 내가 원하는 일을 했었지."

"어떤 일이었나요?"

"몇 가지 있었지만, 대표적으로 기억할 만 것은 두 가지 있다. 흑사문 문주 일과 응센 부족과의 일을……."

"자, 잠시만요. 흑사문의 문주요? 설마 철경이 혈야향(血夜香)입니까?"

"아아, 그렇지. 한때 그런 이름으로 불린 적도 있었어."

"맙소사. 혈야향이라니."

배민환은 담담했지만, 배중도는 뒤통수를 맞은 기분이었다.

흑사문.

신강 내에 열손가락 안에 들어가는 거대 문파였다.

문주 천혈인마(天血刃魔) 바잘은 초절정 고수였고, 문도 수만 천여명이 넘는 곳이었다.

행실은 좋지 않은데, 인신매매, 절도, 살인, 방화 등으로 돈을 벌어들였다.

당시 무영문과도 부딪침이 많았었다. 유혈사태까지 벌어지면서 골머리를 앓던 중이었다.

그런데 뜬금없이 바잘이 죽었단 소식을 들었다.

그리고 소문이 퍼졌다.

'혈야향은 천하제일의 살수로, 의뢰를 받고 흑사문 문주를 죽였다.'

과연 혈야향은 누구이고, 의뢰인은 누구일까?

정보를 먹고 사는 무영문조차 그의 정체를 끝내 밝혀내지 못했다. 그리고 흑사문은 삼삼오오로 분열되어 무너졌었다.

"하지만 당시 목격자의 증언에 따르면, 혈야행은 키가 육척 정도라 했습니다. 철경과 맞지 않습니다."

"당연하지. 헛소문이니까. 그리고 그 소문을 퍼뜨린 사람이 나다."

배민환이 미소를 지었다.

그가 일부러 혈야행에 관한 헛소문을 퍼뜨린 것이다.

"그럼 방법은요? 도대체 흑사문의 문주를 어떻게 죽인 겁니까?"

"그건 나도 모른다. 흑사문의 문주에 관한 정보와 사후 처리만 도왔을 뿐이야. 철경이 모든 계획을 세우고 실행했지."

정말 그놈이 흑사문의 문주를 죽였다고?

많이 혼란스러웠다.

"어쨌든 그런 관계가 지속되다가, 일 년 전에 철경과의 연락이 끊어졌다. 내 생각에는 사부의 병세가 악화되어 옆에 있으려는 것 같았어."

"그럼 지금 연락이 왔다는 건……."

"사부는 죽었고, 이제 복수를 생각하고 있을 거야."

"복수요?"

"나도 짐작만 하고 있을 뿐이다. 아무튼!"

그리고 자신의 옆에 있는 상자를 가리켰다.

"이 안에는 일 년 전 철경이 의뢰한 내용이 들어있다. 꽤 까다로운 의뢰라서 돈을 제법 사용했지."

"그럼 제가 할 일은 철경을 만나서, 이걸 건네주면 되겠군요. 얼마나 받으면 됩니까?"

"당시에 선금을 일만 냥 받았고, 이 정보를 파악하는 데 오만 냥을 썼다. 그러니 네가 알아서 적당히 받아내거라."

오만 냥이라면, 집을 수십 채나 살 수 있었다. 그 정도로 큰돈이었다.

“최소 십만 냥은 받아야겠군요.”

“그래. 아, 그리고 만약 철경에게 돈이 없다면, 이쪽으로 데려오너라. 내가 직접 만나서 협상을 하고 싶으니.”

“알겠습니다.”

대화는 이것으로 끝났다.

두 사람은 마차에서 내려서 흩어졌다.

배민환은 본단에서 온 사람들과 어디론가 떠났고, 배중도는 집으로 가서 짐을 챙겼다.

약속 장소가 닷새 거리에 있다 보니, 아무래도 열흘은 걸릴 것 같았다.

‘휴우. 고생 좀 하겠군. 그런데 철경이라…….’

문득 그가 오 년 동안 어떻게 변했는지 궁금했다.

이상했다.

복수만 생각하면, 신기할 정도로 마음이 편안해진다.

십 년을 넘게 계획하고, 꿈꿔왔던 일이라서? 이제 복수를 할 수 있으니, 흥분해야 정상 아닌가?

‘마적단.’

첫 번째 복수 대상을 떠올리자, 그제야 살짝 흥분되었다.

지금까지 나는 신강에 살았고, 바로 눈앞에 마적단들을 보았다.

하지만 손을 댈 수 없었다.

사부님의 엄명이 있었다. 그들이 시비를 걸지 않는 이상 건들지 말라고 부탁하셨다.

'이젠 그런 제약이 사라진 거지.'

이제 마음 놓고, 마음대로 놈들을 잡을 수 있었다.

그런 생각을 하면서 한 번도 쉬지 않고 달렸다. 밤낮을 쉬지 않았고, 나흘이 흘렀다.

드디어 나포박호에 도착했다.

나포박호는 신강의 동쪽에 있는 가장 큰 호수였다.

물은 깨끗했고, 호수는 넓었다.

보고만 있어도 시원해지는 기분이었다.

'그래. 어릴 적에도 이런 기분을 느꼈었지.'

처음 이 호수를 봤을 때가 떠올랐다.

당시 나는 너무나 슬펐고, 매일을 울었었다.

그나마 호수를 보고 있으면 기분이 나아졌고, 온종일 호수만 바라보았다.

그때는 둘째 형과 둘째 누나가 내 옆에 있었는데.

나를 다독여 주었고, 함께 복수를 하자고 굳게 다짐했었다.

물론 마적단 놈들이 나타나면서, 그 작은 다짐조차 망가지고 말았지만.

'철 숙부와 둘째 형은 싸우다가 죽었고, 둘째 누나는 겁간을 당한 뒤 죽었지.'

그때 일이 떠오르자, 아직도 화가 난다.

피가 거꾸로 치솟는 것 같다.

다행히 그 마적단 놈들이 누군지는 알고 있었다.

'흑수단'

당시 우릴 약탈했던 마적단의 이름이었다.

"와하하."

"까르르."

아이들이 웃는 소리에 상념에서 벗어났다.

지금도 호수가에는 많은 사람들이 머물고 있었다.

그 수는 이백이 넘었고, 십수 명의 아이들이 물놀이를 하고 있었다.

당연하게도 내가 아는 이는 한 명도 없었다.

그저 작은 추억만 있을 뿐이다.

나는 이곳에서 하루를 머물렀다.

배고프면 물고기를 잡아먹었고, 천막도 없이 바닥에서 잠을 잤다.

마을 사람들이 무서워하는 걸 알기에, 멀리 떨어져 지냈다.

그리고 마침내 기다리던 사람이 나타났다.

커다란 마차가 이쪽으로 달려왔다. 그리고 한 사람이 마차에서 내렸다.

"아구구. 허리야. 이 먼 곳까지 사람을 불러대다니. 너무하는구만."

엄살을 피우는 남자는 깨끗한 비단옷을 입은 중년인이었다.

내가 기다리던 사람은 아니었다.

그 사람의 아들인 걸로 기억난다.

'이름이 배중도였나?'

현재 무영문 신강지부의 실세이며, 부지부장이라고 알고 있었다.

그가 웃으면서 다가왔다.

"하하하. 철경 소협. 정말 오랜만이오. 거의 오 년 만인 것 같은데. 지금도 신수가 헌앙하시구려."

고개만 살짝 끄덕였다.

나는 인사치레를 좋아하지 않는다.

뻔한 대답이 오갈 텐데, 굳이 필요한가?

배중도가 말을 이었다.

"흠흠. 철 소협. 과묵한 건 예전이나 지금이나 똑같구려. 우리 처음 만났을 때도 그랬지. 과묵했고, 무뚝뚝하고……. 기억나시오? 한 번은 사부님이 갑자기 쓰러지셔서 의원을 찾아다니지 않았소. 그때 우리가 도와주지 않았다면 큰일 치를 뻔했을 거요."

기억난다.

공짜로 도와준 건 아니지.

큰 대가를 요구했었고, 그만큼의 일을 해주었다.

"아 참, 아버님은 바쁜 일이 있어서 못 오시게 되었소. 그래서 내가 대신 온 거지."

"……."

"내가 보니까, 가장 최근에 의뢰하 것이 일 년 전이고, 그때 흑수단에 대해 조사해 달라고 하셨더군."

흑수단.

내 가족을 죽인 원수.

그들은 십오 년 전에 생겨났고, 나포박호 일대를 돌던 마적단이었다.

머리에 검은 두건을 쓴 것이 특징이고, 팔 년 동안 활동했었다. 그리고 칠 년 전에 부두목이 반란을 일으키며, 뿔뿔이 흩어졌었다.

"조사해 보니 그놈들, 진짜 나쁜 놈들이더군. 물건만 빼앗는 게 아니라, 무조건 사람까지 죽였어."

"그래서 찾았소?"

내가 원하는 건, 흑수단의 존재 유무가 아니었다.

내 가족들을 죽였던 흑수단 마적들이 지금 어디에 있는

지가 중요했다. 그놈들을 전부 찾아달라는 것이 일 년 전 의뢰였다.

배중도는 한숨을 쉬었다.

"휴우. 정말 어려운 의뢰였소. 무려 십칠년 전에 벌어진 일이고, 흑수단은 칠 년 전에 해체하고 뿔뿔이 흩어졌잖소. 내가 그냥 하는 말이 아니라, 우리 무영문이 아니면 절대 할 수 없는 의뢰일 거요."

물론 어려운 일이다.

그래서 일 년이란 시간을 주었고, 계약금만 일만 냥을 줬으니까.

그리고 배민환도 할 수 있다고 큰소리쳤었다.

과연 그 말을 지켰을까?

배중도는 입술에 침을 묻히고, 다시 입을 열었다.

"당시 흑수단 인원들은 총 오십팔 명이었고, 대부분 이름 없는 이삼류 무사들이었소. 휴우. 그들을 찾는 건 정말이지, 너무 힘들었소. 우리 무영문조차 몇 번이나 포기하려 했을 정도로."

그래. 겨우 이삼류 무사들이었다.

만약 당시에 철 숙부와 형들이 다치지 않았더라면, 충분히 이길 수 있었다.

그만큼 형편없는 놈들이었고, 그래서 더 억울했다.

"하지만 우리 무영문은 늘 불가능한 것을 해내고 말지.

정말 대단하지 않소?"

"……."

"참, 그나저나 사부님은 어떠시오? 건강을 되찾으셨소? 인사를 한번 드려야 하는데."

이 녀석.

일부러 말을 돌리고 있구나.

간혹 장사꾼들은 이런 식으로 사람을 애태운다. 유리한 방향으로 이끌려는 수작이었다. 상대하면 피곤할 뿐이다.

이런 놈들은 상대할 방법이 따로 있었다.

그냥 입을 다물었다.

"……."

"허허. 왜 말이 없으시오? 혹시 사부님께 무슨 일이라도 생겼소? 병이 악화되셨소?"

"……."

"그런 문제라면 내가 또 도와줄 수 있는데. 그때보다 더 유능한 의원을 소개시켜 줄 수 있는……."

나는 아무런 말도 하지 않았다.

배중도가 무슨 말을 하든, 가만히 있었다. 일절 대꾸하지 않았고, 어떤 반응도 보이지 않았다.

애초에 말하는 걸 좋아하지 않기에 이런 방식을 선호했다.

적이면 두드려 패면 되지만, 거래처까지 때릴 순 없지.

대신 침묵은 말 많은 놈을 상대할 때, 굉장히 효과적이었다.

게다가 배중도는 단순한 수다쟁이가 아니라, 일종의 상인이다.

상대의 반응을 보고 장사를 해야 하는데, 애초에 대응하지 않으니 답답할 것이다.

과연 배중도는 혼자 일각을 넘게 떠들더니, 역시 입을 다물었다. 그리고 기분 나쁘다는 투로 물었다.

"철 대협. 나와 거래할 생각이 있으신 거요?"

나는 여전히 입을 다물었다. 그러자 배중도는 혀를 차다니, 몸을 돌렸다.

"쯧. 관둡시다. 복수에 목이 타는 사람은 내가 아니니."

그는 마차에 올라탔다. 그리고 실제로 왔던 길을 되돌아갔다.

나는 속으로 웃었다.

'이대로 돌아가겠다고?'

말도 안 된다.

다시 돌아올 거라 확신했고, 아예 바라보지도 않았다.

대신 호수를 바라보았다.

배중도가 말했듯, 흑수단은 칠 년 전에 해체한 별 볼 일 없는 마적이다.

시간도 상당히 지난 데다, 흔하디흔한 마적들을 추적하는 일이 쉬울 리 없다.

아마도 꽤 많은 돈을 썼을 테지.

그런데 나에게 정보를 안 팔고 돌아가겠다고?

그럼 누구에게 팔 건데? 누가 흔한 마적들 오십팔 명의 위치가 필요할까?

그 정보를 비싼 값에 살 수 있는 사람은 나밖에 없을 것이다.

그걸 알기에, 나는 여유가 있었다.

마차는 백여 장을 가다가 멈추었다. 그리고 말머리를 돌려 다시 이쪽으로 돌아왔다.

배중도는 계산적인 사람이다.

자존심을 내려놓을지언정, 손해 볼 짓은 하지 않았다.

배중도는 마차에서 내렸고, 내 옆에 섰다.

"좋소. 당신이 이겼소. 쓸데없는 얘긴 안 하고 본론부터 넘어갑시다. 마적단 오십팔 명의 행방은 모두 찾았소. 열다섯 명은 죽고, 마흔세 명은 다른 마적단으로 넘어갔소."

"……."

"지금이라도 그들의 위치를 넘겨줄 수 있소. 십만 냥만 지불한다면."

"……."

나는 여전히 말을 하지 않았고, 배중도가 다시 입을 열었다.

"흠흠. 혹시 비싸다고 느낄 수 있지만, 이건 분명히 합시다. 이 일은 우리밖에 할 수 없는 일이오. 칠 년 전 해체한 마적들의 행방을 하나하나 찾는 일, 우리 무영문이 아니면 누가 할 수 있을 것 같소?"

"……."

"만약 가진 돈이 부족한 거라면 염려 마시오. 지난번처럼 우리 일을 조금만 도와주면 되니까."

"……."

나는 계속 기다렸고, 드디어 배중도가 웃는 가면을 벗어 던졌다.

잔뜩 굳은 얼굴로 소리쳤다.

"이봐요. 철 소협. 이건 너무하잖소. 거래를 하러 왔으면, 무슨 말이라도 해야지. 이렇게 예의 없게 구는 건 아니잖소?"

이제 진짜 거래를 할 수 있겠군.

천천히 입을 열었다.

"사만 냥."

"뭐?"

"들었잖소."

"허어. 그러니까 지금, 협상이라도 하자는 거요? 그런데 사만 냥? 십만 냥짜리를 사만 냥으로 낮추는 게, 상식적으로 말이 되오?"

"못 할 것도 없지."

“어이가 없어서 웃음밖에 나오지 않는군. 진짜 양심이 없어. 그런 귀한 정보를 반값 아래로 꿀꺽하겠다고?”

그는 상당히 흥분했다. 나는 간단히 대꾸했다.

“그럼 팔지 마시오.”

“뭐, 뭐요?”

“누군가 그러더군. 가격이 안 맞으면, 안사고 안팔면 되는 거라고.”

그 말에 배중도는 입을 다물었다.

배중도가 기억할지 모르지만, 오 년 전 처음 만났을 때 그가 나에게 했던 말이었다.

배중도도 그것을 깨달았는지 쓴웃음을 지었다.

“철 소협, 알고 보니 뒤끝이 있는 사람이군.”

“기억력은 좋은 편이오.”

“그래. 인정하오. 철 소협이 약초값이 비싸다고 하자, 내가 그렇게 말했었지. 하지만 모두 옛날 일이잖소.”

이제 배중도는 나를 설득하려 했다.

“좋소. 내가 지난번에는 조금 잘못했소. 일단 사과를 하고, 금액도 깎아주겠소. 팔만 냥만 주시오. 말 한마디에 이만 냥이나 깎은 거요.”

"됐소. 사과는 필요 없소. 금액이 안 맞으니 그냥 가시오."

"이, 이러면 안 되잖소."

배중도는 진심으로 당황했다.

"아니, 일년 전에 청구한 일을 무효로 돌리면 어떡합니까?"

"선금으로 일만 냥을 내지 않았소? 그리고 금액이 안 맞아서 정보를 못 사는 일은 흔할 일일 텐데."

"그, 그렇지만……."

배중도는 할 말을 잃었다.

정보를 사고팔다 보면, 이런 일은 비일비재했다.

그럴 때는 다른 사람에게 정보를 팔거나, 꼭 필요한 사람을 찾았다.

하지만 마적단의 정보는 철경에게만 팔 수 있는 정보였다. 금액을 미리 정해놓지 않은 이상, 그가 거절해도 명분이 없었다.

그리고 아버지는 왜 가격을 정하지 않았는지도 알고 있었다. 이번 일은 그만큼 성공하기 어려웠고, 얼마가 들어갈지 확신이 없었기 때문이다.

'그리고 철경이 이 정보를 이렇게 쉽게 포기할지는 몰랐을 테지.'

"그럼 복수는? 그 마적놈들은 어떻게 찾을 생각이오?"

"다른 방법으로 찾을 거요."

"무슨 방법?"

"그쪽이 신경 쓸 일이 아니오."

차갑게 대꾸했다.

그러자 배중도는 한참을 고민했다. 마차로 가다가 말고, 다시 돌아오기도 하고, 반 각 이상을 서성거렸다.

그럼 이쯤에서 손을 내밀어 볼까?

"방법이 없는 건 아니오."

"무슨 뜻이오?"

배중도는 반색을 하며 다가왔다.

"솔직히 돈이 없소. 다만 그쪽에서 몇 가지만 지원해 주면, 돈을 만들 방법이 있소. 그럼 정보료로 칠만 냥을 지불하지."

"으음. 지원이라……."

만족스럽진 않지만, 돈을 못 받는 것보다 나을 것이다.

"좋소. 경청하겠소."

예상대로 흘러갈 때였다.

그에게 말을 하려던 찰나, 말이 달리는 소리가 들렸다.

두두두두.

"이랴. 이랴."

일단의 무리들이 나타났고, 그들은 곧장 호숫가 근처에 있는 사람들에게 달려갔다.

그리고 소리쳤다.

"크하하. 이것들아. 가진 것을 모두 내놓거라. 목숨만은 살려주겠다."

"오호. 난 저년이 마음에 드는데? 흐흐흐. 저년은 내 거다. 손 대지 마."

"뭐야. 저 새끼가 노려보는데?"

"으흐흐흐. 너무 오랜만에 와서 이놈들이 개념을 상실했나 보다. 본보기로 열 놈쯤, 죽이고 시작하자."

마적단이었다.

모두 스물두 명이었고, 전부 말을 타고, 대감도를 들고 있었다.

그들이 풍기는 노린내가 여기까지 나는 것 같았다.

마적들은 사람들을 괴롭히고 돈을 빼앗는다.

여자들은 겁간하고, 남자들은 죽인다. 인명을 개밥그릇보다 못하게 여기고, 사람을 동물 이하로 취급하는 놈들이다.

'그래. 저 모습이야.'

십칠 년 전, 그들과 비슷했다.

얼굴이 같진 않지만, 하는 짓거리가 비슷했고, 나에게는 그 정도면 충분했다.

화가 난다.

분노가 치밀어 피가 끓어오르는 것 같았다. 저놈들은 숨을 쉴 가치조차 없는 것들이다.

지금 거래가 중요한 것이 아니었다.

배중도에게 짧게 말했다.

"여기서 기다리시오."

그리고 그들에게 달려갔다.

쉬이이익.

단숨에 달려가서 도를 휘둘렀다.

서걱.

서걱.

"으아아악."

길에서 산 열 냥짜리 도가 하늘을 날랐다. 그리고, 마적단의 열두 명이 한 번에 목숨을 잃었다.

주변은 아수라장이 되었고, 남은 마적단들은 비명을 지르며 도망쳤다.

하나도 놓칠 수 없다.

"아악."

"크흑."

그렇게 쫓아가서 한 명씩 쫓아가다가 문득 정신을 차렸다.

'아, 그렇지. 다 죽이면 안 되지.'

겨우 세 녀석이 남았을 때 이성이 돌아왔다.

아쉽다.

너무 쉽게 죽였어.

남은 세 명을 나란히 무릎을 꿇린 후, 그들에게 물었다.

"마적단의 이름과 현재 위치."

마적 세 명은 서로를 바라보았다. 그리고 그중 한 명이 호기롭게 소리쳤다.

"크하하. 미친 새끼야. 그냥 죽여라."

죽고 싶다면 도와줘야지.

나는 주먹을 들었고, 망설이지 않았다.

퍼억.

퍼퍽. 퍽. 퍽.

점점 빨라지는 주먹질에 마적 놈은 손을 들었다.

"커흑. 자, 잠시만. 아악. 악. 너무 아파……. 크윽. 죄송. 아아악."

퍼억. 퍼억.

하지만 멈추지 않았다.

멈출 생각도 없었다.

이 정도에 멈출 거면, 애초에 시작하지도 않았다.

단 한 방에 죽일 수도 있지만, 최대한 아프게 때렸다.

그래야 이놈도 알 것 아닌가?

자신이 죽인 사람들이 얼마나 아팠는지.

그렇게 한 놈을 죽였다.

내 손은 피로 물들었고, 놈의 얼굴은 곤죽이 되었다. 형체조차 알아 볼 수 없게 되었다.

나머지 두 명을 바라보자, 놈들은 동시에 소리쳤다.

"마, 말하겠습니다."

"저희는 소랑단이라고 합니다. 지금 스물두 명이 왔지만, 본단에 서른 명이 더 있습니다."

"현재 위치는?"

"현재는 이라지곤에 있습니다. 여, 여기서 말을 타고 반 시진만 달려면 됩니다."

그들은 앞다투어 자신들에 대해 설명했다.

나는 자세히 들은 후에 그놈들도 똑같이 때려죽였다.

처음부터 놔줄 생각은 없었다. 모두 죽일 생각이었다.

잠시 후, 배중도가 다가왔다.

그는 내가 벌인 살육에 놀랐는지, 얼굴이 하얗게 질린 상태였다. 내가 물었다.

"그 명단에 소랑단이라고 있소?"

"이, 있습니다."

그는 겨우 대답했다.

"위치와 인원, 이름을 말하시오."

"이라지곤에 위치한 곳으로 대략 오십 명이라고 되어 있소."

그는 책을 보면서 대답했고, 마적단 놈들이 말한 것과 일치했다.

이번 정보는 정확하군.

다시 물었다.

"소랑단에 과거 흑수단이었던 사람이 있소?"

"으음. 맹사획이라는 자가 흑수단에서 소랑단으로 넘어갔는데, 키가 육 척에 팔이 길고, 뺨에 십자 모양의 흉터가 있는 자요."

"한 명이오?"

"한 명뿐이오."

그러면서 죽은 자들을 바라보았다. 배중도가 중얼거렸다.

"그런데 저놈들 죽이기 전에 이름을 물어보는 게 좋지 않겠소? 혹여라도 죽은 자 중에서 맹사획이라는 자가 있을 수 있으니까……."

"그 일을 부탁하고 싶소."

"무슨 뜻인지?"

"내가 마적단을 죽이면, 무영문에서 확인해 주시오. 과거 흑수단에 있는 놈들이 정말 죽었는지."

"죽인 사람들을 모두 확인해 달라는 거요? 흑수단인지, 아닌지?"

나는 고개를 끄덕였다.

"가급적 얼굴은 건드리지 않겠소."

"싫소. 우리가 왜 그런 짓까지 해줘야하는 거요?"

"그래야 돈을 받을 수 있을테니까."

배중도가 의아하게 바라보자, 간단히 설명했다.

"마적단의 진영에 가면 그들이 모은 재물이 있을테지. 그걸 가지고 가서 파시오."

그가 어이가 없다는 듯 물었다.

“설마 그걸로 정보값을 지불하려는 거요?”

“그렇소.”

“그걸로는 택도 없소. 마적단들이 정상적인 물건을 가졌을 리 없을 테고. 대부분 장물일 텐데. 그럼 제값을 받기 힘드오.”

“장물아비에게 팔면 그렇겠지. 하지만 본 주인들에게 돌려준다면?”

그 말에 배중도의 눈이 반짝였다.

“신강의 마적단들은 몇백 년 동안 활동했었고, 그들에게 당한 사람들은 수천 명이 넘을 거요. 목숨보다 귀한 물건을 뺏긴 적도 있을테지.”

“으음. 그럴 수도 있지만.”

배중도를 보니, 빠르게 머리를 굴리는 것 같았다.

“뿐만 아니라, 마적단에게 소중한 사람을 잃은 사람들도 있을 거요.”

“그렇군. 복수를 원하는 사람들에게 찾아가서 말만 잘하면 돈을 받을 수 있겠구려.”

가난한 자도 있겠지만, 부유한 자들도 있을 것이다.

또 천금을 줘서라도 마적단에게 복수하고 싶은 이도 분명 있을 것이다.

“또한 무영문은 돈과 명성을 같이 얻을 수 있을거요.”

“전부 무영문의 공으로 돌리겠다는 거요?”

“그렇소.”

“혹시 마적단을 얼마나 상대할 생각이오? 흑수단을 잡을 때까지?”

나는 단호하게 말했다.

“나는 신강에 있는 모든 마적단을 다 죽일 생각이오.”

“헉”

처음부터 그럴 작정이었다.

명단뿐 아니라, 신강의 모든 마적단을 죽여, 씨를 말릴 생각이었다.

“그걸 어떻게 활용하는지는 무영문의 몫이오.”

“으음. 잘하면 그렇게 될 수도 있지만, 쉽지 않은 일이라…….”

“싫으면 관두시든가.”

물론 정보료도 포기해야 하고.

사실 배중도에게는 선택권이 없었다. 그는 한숨을 크게 쉬면서, 결국 승낙했다.

그렇게 나는 명단을 받았고, 마적단 놈들을 하나씩 찾아다녔다.

"문을 열어라."

커다란 고함 소리에 오 장이 넘는 철문이 열렸다.

끼이이익.

무게만 이백 관이 넘는 철문이었다.

말 다섯 마리가 끌어야 겨우 열고 닫을 수 있을 정도로 무거웠다. 하지만 한 번 문을 닫으면 철옹성을 자랑했다.

문이 반쯤 열리자, 일단의 무리들이 안으로 들어갔다.

마골단의 삼(三)부대였다.

마골단은 신강 땅에서 가장 큰 마적단이다.

인원만 백오십 명이 넘고, 일류고수가 열 명, 단주는 절정 고수라고 알려졌다.

마적단치고는 규모가 상당히 컸기에, 웬만한 문파들도 함부로 못 했다.

"오셨습니다. 대장님."

마골단의 살림을 책임지는 배종회가 마중 나갔다.

그리고 대꾸하는 이는 삼부대의 대장, 부장간이었다.

"씨발. 대의상단 잡으러 간다고 했잖아! 그런데 왜 갑자기 오라고 지랄이야?"

부장간은 특히 성질이 더러웠다.

하지만 마골단에서 두 번째로 무공이 강한 자였다. 마적단에서는 힘이 곧 법이라 배종회는 억지로 웃으며, 허리를 숙였다.

"하하하. 부 대장님의 고생을 왜 모르겠습니까? 하지만 현재 신강에 심상치 않은 일들이 벌어지고 있어서요. 단주님께서 급히 대장님들을 불러들이고 있습니다."

"대장님들? 다른 놈들도 왔단 소리야?"

"네."

그 말에 부장간도 더 이상 짜증을 내지 못했다.

마골단의 대장 세 명은 각자 신강을 돌아다녔고, 큰일이 아니면 본단에 오지 않았다.

게다가 셋 모두 사이가 좋지 않아서, 웬만하면 따로따로 불렀다. 이렇게 셋을 한 번에 불렀다는 건, 그만큼 큰일이 났다는 방증이었다.

부장간은 성질이 급하지만, 바보는 아니었다.

그제야 본단의 분위기가 경직되어 있다는 걸 깨달았다. 그는 말투를 바꾸어 배종희에게 물었다.

"이봐. 총관. 무슨 일인데, 이 난리를 치는 거야?"

"으음, 부 대장님은 청해에 계셔서 잘 모를 수도 있겠군요. 사실 한 달 전부터 마적단들이 살해당하고 있습니다."

"살해를 당해?"

"네. 지금까지 확인된 곳만 열다섯 곳이 몰살 당했고, 그 중에는 피란단도 있습니다."

"피란단? 단주인 피란수르는?"

"죽었죠."

피란단은 사십 명 정도 되는 작은 마적단이지만, 단주인 피란수르만은 달랐다.

노란머리에 거구의 서역인으로 힘이 장사였다.

그 힘으로 무공을 펼치면, 웬만한 놈은 한칼에 반으로 갈렸다.

부장간도 한 번 만난 적 있지만, 싸워서 이길 자신이 없던 놈이다.

"제길. 대체 어떤 놈들이 설치는 거야? 혹시 중원 떨거지들인가? 뭐, 들은 것 없어?"

"아직 살아남은 놈이 없으니까요. 이런 저런 소문만 무성할 뿐입니다."

"무슨 소문인데?"

"시끄럽다."

굵직한 목소리가 울렸다.

돌아보니, 키가 팔 척이 넘는 거대한 남자가 서 있었다.

"단주님."

그가 바로 마골단의 단주, 마중석이다.

피란단의 단주, 피란수르도 일반인보다 머리 하나는 더 컸다.

하지만 마중석은 그런 피란수르보다 더 큰 인물이었다.

주먹을 쥐면 사람 머리통만 했고, 실제로 그 주먹으로 머리통을 깨뜨린 적도 여럿 있었다. 무공도 상당하여, 마적단으로는 드물게 절정에 오른 고수였다.

2장

마중석은 크게 소리쳤다.

"솔직히 그런 작은 마적단은 나 혼자서도 없앨 수 있다. 걱정할 필요 없어."

"당연한 말씀입니다."

어느새 배종회가 옆으로 다가가서 고개를 끄덕였다.

부장간도 마중석의 무공만은 인정하고 있었다. 그래서 궁금했다.

"그럼 왜 본단으로 모이라고 한 겁니까?"

"왜겠어? 나야 그놈들이 무섭지 않지만, 다른 놈들은 각개격파를 당할 수 있잖아. 이런 때는 한곳에 모여서 힘을 집중시켜야 해. 그렇지? 총관."

"맞습니다. 단주님. 아주 훌륭한 판단이십니다."

눈치를 보아하니, 무식한 마중석의 머릿속에서 나온 생

각은 아니었다. 과거에 먹물깨나 먹었다는 배종회의 의견이 분명했다.

"자자. 이제 한곳에 모였으니, 됐다. 걱정할 것 없어. 술이나 한잔하자구."

"저어, 단주님. 그래도 회의를 한 번 하시고……."

"회의 따위야 내일 하면 되지."

"맞습니다. 먼 길 온다고 고생 했는데, 한잔하고 시작해야죠."

"그래. 그래. 이 신강에서는 내가 바로 법이고, 신이야. 그 중원의 구대문파란 놈들도 여기서는 안 되지. 내가 바로 천하무적이니까! 하하하."

땡땡땡땡.

그때였다. 갑작스러운 소리와 함께 입구 쪽이 시끄러워졌다.

"뭐야? 무슨 일이야?"

"침입자가 나타난 것 같습니다."

마적 한 놈이 입구 쪽으로 소리쳤다.

"침입자?"

단주인 마중석이 제일 먼저 정문으로 달려갔다. 부장간과 배종회 총관도 뒤를 따랐고, 나머지 인원들도 정문으로 몰려들었다.

마중석은 몇 번 뛰더니, 금세 정문에 도착했다. 그리고 방책 위로 오르며 물었다.

"몇 놈이냐? 오십 명? 백 명?"

"그게 저어…… 한 놈입니다."

입구를 지키는 조장이 어렵게 대답했다.

마중석은 어이없다는 듯, 그를 쳐다봤다. 그리고 성 밖으로 눈을 돌렸다.

정말 백여 장 너머로 한 명이 걸어오고 있었다.

마중석은 화가 나서 주먹을 휘둘렀다.

퍼억.

조장은 단번에 쓰러졌지만, 그것으로 부족했다.

"야. 이 새끼 배때기 갈라! 겨우 한 놈 오는데, 비상종을 울려? 이거 완전히 미친놈이잖아!"

"사실은 저놈이 이대장님을 죽였습니다."

"뭐?"

다른 수하의 말에 마중석은 자세히 물었다.

침입자가 처음 발견될 때, 마침 근처에 이대장이 있었다고 한다.

그는 낄낄거리며 재미겠다고 혼자 달려갔고, 단숨에 목이 잘렸다고 한다.

바로 비상종을 울린 이유였다.

괜히 낯 뜨거운 마중석이 중얼거렸다.

"흥, 이대장 놈이 방심했나 보지."

그리고 뒤따라온 삼대장 부장간이 소리쳤다.

"그리고 이대장 놈이 우리 대장들 중에서 제일 약하잖습니까?"

"그렇지. 아무튼 삼대장. 네가 애들 데라고 가서, 저기 오는 놈을 죽여라!"

"제, 제가요?"

"X발. 그럼 내가 갈까?

삼대장 부장간은 속으로 욕하며, 마구간으로 달려갔다.

그리고 마적들을 불러 모았다.

사실 이대장과 무공이 비슷했기에, 눈치를 보다가 뒤로 물러설 생각이었다.

'그래. 다른 놈들을 먼저 보내고, 분위기를 살펴보자.'

부장간은 그런 생각을 할 때였다.

"저놈이 달려온다."

"어어."

"위험해!"

콰아앙.

순간 귀가 먹먹해진다.

말도 놀라서 요동을 쳤고, 부장간은 말 위에서 떨어졌다.

그런 와중에 보고 말았다.

오 장이 넘는 거대한 철문이, 훨훨 하늘을 날고 있었다.

무게만 이백 관이 넘는 철문이.

'저게 가능한가?'

이어서 비명 소리가 들리고, 핏빛 안개가 사방에 피어났다.

그리고 그 사이를 날아다니는 반짝거림이 있었다.

쉬이익. 쉬익.

한 번 반짝일 때마다 십수 명이 쓰러졌다.

부장간은 나중에서야 그게 비검의 일종임을 깨달았다.

마침 하늘을 나는 빛이 자신에게 떨어졌다.

부장간은 몸을 돌리며, 등에 메고 있던 대도를 뽑았다.

비록 다 뽑지는 못했지만, 몸을 틀었기에 간신히 막아냈다.

까아앙.

단검이라기에는 길었고, 팔뚝만 한 크기의 검은색 검이었다. 그리고 한 번 튕긴 검은 누가 잡아당긴 것처럼 뒤로 사라졌다.

부장간은 짧은 순간에 검의 손잡이에 은사가 달려 있음을 깨달았다.

침입자는 그것으로 검을 휘두르고 있었다.

"뭐야? 승표(繩標)잖아. 제길, 별거 아닌 놈이 잘난 척은."

자고로 승표나 유성추를 사용하는 무인치고, 고수는 없었다.

저 따위 무기는 하수에게나 통할 뿐이다.

또 그런 놈들은 명백한 약점이 있었다.

'던진 무기를 회수할 때 가장 취약하지.'

부장간이 알고 있는 건, 마골단의 단주 마중석도 알고 있었다.

그리고 마중석이 먼저 침입자에게 달려갔다.

특기인 파천권이 쏟아졌다.

우우웅.

권법 자체는 별거 아니나, 내공이 상당했다.

그것을 증명하듯, 우레와 같은 소리가 들리면서 침입자의 명치를 강타했다.

퍼어억.

끝났다.

저 주먹에 맞고 절대 살아남을 수 없다.

직접 맞아본 부장간이 제일 잘 알았다.

분명 피를 토하며 쓰러질 거라 생각했는데.

웬걸.

침입자는 꼼짝도 하지 않았다.

마침 바람이 불었다. 흙먼지와 핏빛 안개가 사라지면서 장내가 여실히 드러났다.

"허억."

부장간은 자신도 모르게 탄성을 질렀다.

'크다.'

지금껏 살아오면서, 마중석이 제일 큰 인간이었다.

그런데 침입자는 마중석보다 훨씬 컸다.

어깨는 한없이 넓었고, 드러난 팔뚝은 자신의 허리보다 굵은 것 같았다.

마치 앞에 있는 마중석이 어린아이로 보일 지경이었다.

“세상에 저런 놈이 있을 줄이야.”

인간 이상의 존재 같았다.

마중석은 부장간보다 더 놀랐다.

침입자의 외형도 놀랐지만, 그의 피부는 믿을 수 없이 단단했다.

분명 전력을 다해 파천권으로 때렸는데.

자신의 손은 얼얼한데, 상대는 아무런 충격이 없는 것 같았다.

그냥 땅바닥을 때린 느낌이었다.

마중석은 침입자와 눈이 마주쳤다.

다시 놀랐다.

두꺼운 눈썹 밑에 보이는 건, 금빛 눈동자였다.

보통 사람과는 다르게, 백안의 바탕에 금안이 담겨져 있었다.

그리고 그 눈빛은 오묘했으며, 신비로웠다.

그리고 무서웠다.

자신의 모든 걸 꿰뚫어보는 것 같았고, 마치 귀신의 눈동자 같았다.

침입자가 입을 열었다.

"너는 흑수단 소속인가?"

굉장한 저음이었다. 너무 낮아서 땅 밑에서 울리는 듯했다.

"이 새끼가 뭐라는 거야!"

왠지 무시하는 같아 마중석은 기분이 나빴다.

그래서 내공을 전부 끌어올렸고, 파천권의 최후 초식, 파한천멸을 펼쳤다.

"죽어라."

빠짓. 빠지지짓.

주먹에 뇌기가 실리면서 충격이 몇 배로 커졌다. 동시에 열두 개의 마혈을 노렸고, 단 하나만 맞아도 즉사였다.

그런데 웬일인가?

침입자는 피하지 않는다.

겁먹은 건가? 무서워서 피하지도 못하는 거야?

자신의 모든 공격이 모두 적중하는 것을 보고, 마중석은 히죽 웃었다.

콰쾅. 쾅. 콰콰쾅.

'흐흐흐. 이젠 끝이다. 아무리 외공이 대단해도 이 정도면…… 허억.'

마중석은 놀라서 입을 쩍 벌렸다.

침입자의 얼굴은 변함이 없었다.

아픔? 두려움? 놀라움?

그런 것은 없었고, 가만히 쳐다보고 있었다.

"이 정도가 최선인가?"

"이, 이 자식이."

마중석은 너무 화가 나서 다시 주먹을 들었다.

하지만 이번에는 침입자도 가만 있지 않았다.

그가 움직였다.

이번에는 은사가 달린 검을 휘두르지 않았다. 똑같이 주먹을 뻗었다.

파팟.

서 있을 때는 태산과 같은데, 막상 움직이자 바람과 같다.

마중석이 먼저 움직였는데, 똑같은 지점에서 부딪쳤다. 정확히 마중석의 주먹을 노려서 때렸다.

우직

"크윽."

주먹과 주먹이 부딪치는데, 침입자는 멀쩡하고, 마중석은 비명을 질렀다.

단 한 번에 주먹이 깨진 것이다.

그 다음이 더 비참했다.

퍼퍼퍼퍽.

그냥 얻어맞았다.

특별한 초식을 사용하는 것도 아니었다. 그냥 주먹으로 때렸고, 그대로 맞을 뿐이다. 점점 빨라졌다. 그리고 심하게 아팠다.

"커억. 사, 살려주……."

퍼억.

결국 마중석은 말을 끝맺지 못했다.

온몸이 부서지면서, 그대로 즉사했다.

침입자는 쉬지 않았다. 주위를 둘러보더니, 다시 손을 슬쩍슬쩍 흔들었다.

은사를 단 비검이 다시 날아다녔다. 마적들은 다시 쓰러지기 시작했다.

거기까지 본 부장간은 몸을 돌렸다.

그는 싸우는 걸 포기했다.

도망을 선택했고, 다른 마적들도 마찬가지였다.

마적들은 결속력이 약하고, 의리 따위는 알지 못한다.

상황이 불리해지자 도망치기 바빴다.

그에 따라 침입자의 손은 더욱 빨라졌다. 급기야 양손을 사용했다.

번쩍임이 두 배로 늘어났고, 마적들은 더욱 빨리 쓰러졌다.

"으아악."

"커헉."

마적들은 대부분 죽었지만, 끝내 도망친 놈들도 있었다.

그들은 사방으로 흩어졌는데, 그 수가 스물이 넘지 않았다.

삼대장 부장간도 그중 한 명이었다.

"허억. 헉. 보통 놈이 아니잖아. 어디서 저런 괴물이……."

얼마나 달렸을까?

반 시진을 계속 달렸고, 이제는 괜찮겠다 싶었다. 그런데 아니었다.

두두두두.

이상한 소리가 들렸다.

부장간은 자신도 모르게 고개를 돌렸다가, 쓰러질 뻔했다.

그 침입자가 이쪽으로 달려오고 있었다.

그런데 속도가 범상치 않았다.

덩치가 클수록 느리다고?

어떤 놈이 그랬던가?

침입자는 철탑처럼 거대한데도, 달릴 때는 제비 같았다. 발끝을 툭툭 차면서 앞으로 쭉쭉 달려왔다.

쫘아아아 하는 소리와 함께 모래바람이 흩날리는 모습 또한 장관이었다.

만약 단순한 구경거리였다면, 감탄하고 즐겼을지도 모른다.

하지만 저놈은 자신을 죽이러 오고 있었다. 가슴이 철렁

했다.

'안 되겠다. 미리 도를 뽑아놨다가, 가까이 오면 반격이라도…….'

푸욱.

갑자기 무언가 날아와, 부장간의 가슴을 꿰뚫었다.

멍청하게도 은빛 은사를 까먹은 것이다.

털썩.

부장간은 바닥에 쓰러졌다.

그리고 의식이 끊어지기 직전에, 다른 곳으로 달려가는 침입자를 보았다. 가는 방향을 보니, 다른 마적들을 쫓아가는 것 같았다.

분명 저놈은 마지막 한 명까지 쫓아갈 것이다.

'도, 독한 놈.'

마적들이 단 한 명도 살아남지 못한 이유를, 이제야 알 것 같았다.

이렇게 죽는 건가 싶었다.

그런데 침입자가 다시 이쪽으로 달려왔다.

그리고 부장간의 얼굴을 유심히 보더니, 이상한 미소를 지었다.

마치 잃어버린 보물을 찾은 것 같은 얼굴이었다.

그렇게 부장간은 의식을 잃었다.

부장간은 눈을 떴다.

주위는 어두웠고, 하늘에는 별이 보였다. 어느새 밤이 되었다는 걸 알 수 있었다.

'이곳에 염라대왕이 있을 것 같진 않고…… 아직 살아 있는 건가?'

침입자의 검을 맞은 것까지는 기억났는데, 설마 빗맞은 건가?

'흐흐흐. 나는 역시 재수가 좋아. 그 괴물 같은 놈에게서 살아난 거야.'

부장간은 기뻤고, 일어서려고 했다.

그런데 이상했다. 몸이 움직이지 않는다. 마치 마혈이라도 짚힌 것처럼 움직일 수 없었다.

"깨어났나?"

굵직한 목소리가 들렸다.

그제야 부장간은 혼자가 아니라는 걸 깨달았다.

거대한 손이 자신의 몸을 돌렸고, 똑바로 앉을 수 있었다.

모닥불이 보였고, 그 침입자가 바로 앞에 있는 걸 깨달았다.

"정말 다행이야. 죽을까 봐 걱정했거든."

그는 부장간의 상처를 보면서 중얼거렸다.

부장간은 깨달았다.

자신은 운이 좋아 살아난 것이 아니었다. 그가 일부러 치료를 하고 살려준 것이다.

그런데 왜 살려준 거지?

그 이유도 알 수 있었다.

침입자가 물었다.

"네가 부간이지? 과거 흑수단의 부두목이었던."

'허억.'

부장간은 깜짝 놀랐다.

그건 죽음까지 안고 갈 비밀이었다.

사실 그의 본명은 부간, 칠 년 전에 흑수단의 부두목이었다. 당시에 두목이 마음에 안 들어서 술 먹고 죽인 적이 있었다.

그리고 이름을 바꾸고 지금까지 잘 살아왔는데.

이놈은 어떻게 안거지?

"무, 무슨 말을 하는 거요?"

일단 시치미를 뗐다.

증거가 없으니, 모른다고 우기면 된다.

그런데 상대를 잘못 만났다. 그는 변명이 통할 상대가 아니었다.

그는 말없이 부장간의 새끼손가락을 붙잡았다. 그리고 꺾어버렸다.

우두둑.

어떻게 꺾었는지 몰라도 엄청난 고통이 동반되었다.

부장간은 목이 터져라 비명을 질렀다.

"으아아악."

침입자는 그걸로는 부족한 모양이다. 그는 부장간의 부러진 손가락을 잡고 비틀었다. 그리고 힘으로 잡아 뜯었다.

그 고통은 상상을 초월했다.

부장간은 머리가 하얗게 새어지는 경험을 했다.

"크아아아악. 그, 그만. 제발 그만!!"

"흑수단?"

"마, 맞소. 내가 흑수단 부두목이었소. 당신 말이 맞소."

어떤 일이 있어도 말하지 않겠다는 결심은 순식간에 깨어졌다.

"호, 혹시 뭣 땜에 그러시오? 두목과 아는 사이었소?"

침입자는 말없이 부장간의 약지 손가락을 붙잡았다. 그리고 똑같이 꺾고, 비틀고, 뽑아버렸다.

"으아아아악."

신기하게도 피는 흐르지 않았다. 남자가 어느새 점혈을 한 것이다.

"으으으. 제, 제발. 그만……. 크흐흑. 내, 내가 잘못했소. 내가 잘못했으니. 부디. 살려주시오"

"무얼 잘못했지?"

침입자가 물었다.

부장간은 생각나는대로 떠들었다.

"내가 두, 두목을 죽였소. 그리고. 그리고 다른 사람을 많이 죽였소. 또, 또 뭐가 있지?"

그는 마적단 생활만 이십 년을 넘게 했었다.

지은 죄가 너무 많아서 일일이 기억하지 못했다.

그때 침입자가 나직이 말했다.

"십칠 년 전, 흑수단은 나포박호에 살던 사람들을 약탈했다. 내 가족들은 너희와 싸우다가 죽었고. 또…… 네놈은 내 누이를 겁탈하고 죽였지."

"그, 그것은……."

어떤 핑계든 대고 싶지만, 솔직히 기억나지 않는다.

겁탈한 여자만 백 명이 넘는데, 십 년도 지난 일을 어떻게 기억할까?

하지만 억지로라도 변명거리를 만들어내야 했다. 그는 본능이 시키는 대로 주절거렸다.

"기, 기억납니다. 분명 흑수단에 있었죠. 하지만 저는 그때 어려서 약탈에 참가하지 않았습니다. 물론 겁탈 같은 것도 하지 않았죠. 아마도 대협께서는 다른 사람과 저를 착각하시는 것 같습니다."

그러자 침입자는 미소를 지었다. 하얀 이가 가지런하다는 생각이 들었다. 그는 친절하게 말했다.

"후후. 걱정 마라. 내가 네놈 얼굴을 똑똑히 봤으니까. 나는 머리가 좋은 편이고, 또 혹시라도 까먹을까 봐, 매일 생각했었다. 절대 잊을 리 없지."

그의 눈가가 점점 붉어졌다.

부장간의 불안감은 극에 달했다.

지금까지 침입자는 표정변화가 없었고, 언제나 냉정을 유지했었다.

그런데 지금은 잔뜩 흥분한 것 같았다.

"천천히 즐겨라. 손가락이 끝나면, 손목, 손등, 팔꿈치 어깨로 올라가겠다. 그리고 왼손 다음에는 오른손, 그리고 다리 쪽으로 갈 거야."

"자, 잠시만요. 제가 잘못했습니다. 정말 죄송합니다. 살려만 주시면, 평생을 속죄하면서 살겠습니다."

"우리 누이도 그렇게 말했지. 겁간을 당한 후에도 잘못했다고 빌었고, 살려달라고 애원했어. 그런데 넌 어떻게 했지?"

"그, 그러니까……."

부장간은 할 말이 없었다.

"뼈가 끝나면 너의 살가죽을 조금씩 벗길 거야. 그리고 근육을 하나씩 뜯어낸 후에…….”

덜덜덜.

부장간은 자신도 모르게 몸을 떨었다.

한 글자 한 글자 씹어먹듯이 말하는 침입자의 말투에서 진심이 느껴졌다. 그의 눈에서는 정말로 하고 말겠다는 광기가 엿보였다.

“기대해. 당시 누이가 겪은 고통. 딱 그대로 느끼게 해줄 테니까.”

“아, 안 돼. 으아아아악.”

그로부터 부장간은 사흘간 살아 있었다. 인간이 느낄 수 있는 최고의 고통을 경험하면서.

시간이 얼마나 지났을까?

한 달? 두 달?

신강에 이렇게 많은 마적단이 있는지 몰랐다. 하지만 계속 찾아갔다. 그리고 단 한 명도 살려두지 않았다.

마적단을 찾고, 죽이고, 찾고 죽이고. 단지 그것만 생각하며 보냈다.

그렇게 어느덧 서른네 개의 마적단을 찾아갔었다.

마적단마다 작게는 서른 명부터, 많게는 백 명 이상 있었으니, 대략 천 명을 넘게 죽인 셈이다.

물론 죄책감 따위는 없었다. 오히려 기분이 개운했다.

사부님께는 조금 미안했다. 하늘에서 잔소리를 하고 계시겠지.

"이놈아. 훌륭한 복수는 과거를 잊고, 행복하게 사는 거다."

"야. 네가 복수를 한답시고 사람들을 죽여봤자, 네 기분만 더러워질 뿐이야."

"사람을 죽이면, 그 죗값은 오롯이 너에게 돌아가게 될 것이다. 명심해라."

평소에 하시던 말씀이 귓가에 맴돌았다.

왜 그런 말씀을 하시는지 이해는 하고 있다. 피를 즐기는 살귀가 되지 말라는 뜻이겠지.

하지만 머릿속으로만 이해될 뿐, 마음이 따라가지 않는다.

비명 속에 죽어간 가족들의 혼령이 눈앞에 어른거리는데.

어떻게 참을 수 있을까?

나는 복수를 해야겠다. 사부님이 말리시고, 살귀가 될지언정.

그렇게 다짐하면서 또 다른 마적단을 찾는 중이었다.

갑자기 무영문에서 붙인 두 명이 다가왔다.

그들은 항상 멀리서 지켜보다가, 일이 끝나면 다가왔었다. 죽은 마적들의 얼굴을 보면서 과거 흑수단 놈들인지 확인하고, 마적단에 있는 재물들을 가져갔었다.

그런데 이번에는 마적단과는 상관없이 달려왔다.

"안녕하십니까? 철경 대협. 저는 무영문 신강지부, 팔십이조 조장 장비수라고 합니다. 드릴 말씀이 있는데, 시간 좀 내어주시겠습니까?"

"말하시오."

"저희 지부장님께서 철 대협을 찾으십니다. 괜찮으시면, 신강지부에 잠시 들러주십시오."

지부장?

배중도가 아니라, 그의 아버지 배민환이 찾는다는 얘기였다.

"급한 일이 아니면, 마적단을 다 찾은 후에 가겠소."

무영문이가 준 명단에는 마흔한개의 마적단이 적혀 있었고, 이제 일곱 개 남았다.

흑수단이었던 놈들도 딱 열 명 남은 상태였다.

그런데 장비수가 의외의 말을 했다.

"바로 그 일 때문에 오시라고 한 겁니다. 남은 마적단 들이 갑자기 사라졌습니다."

사라져? 갑자기?

그의 말에 따르면, 어느 순간부터 마적단이 보이지 않는다고 한다.

나는 의아함을 느끼며, 다른 마적단을 찾아갔다.

명단에 있는 광적단이란 놈들이었다. 그런데 정말로 사라졌다.

살았던 흔적만 있을 뿐이다.

다른 곳도 찾아보고, 장비수의 말이 사실임을 깨달았다.

이놈들이 어디로 간 거지?

아무래도 그걸 확인하기 위해서는, 배민환을 찾아가야 할 것 같았다.

그래서 토로번(吐魯番)에 위치한 무영문 신강지부로 달려갔다.

토로번.

천산산맥의 동쪽 끝에 있으며, 남북조 시대에 한인의 왕조 고창국과 교하군이 교역하며 번창한 도시다.

때문에 여러 시대에 걸친 도성유적과 고분군(古墳群) 등의 사적들이 많았다.

내가 도성에 들어서자, 갑자기 조용해졌다.

사람들의 시선은 집중되었고, 자연스레 길을 비켜주었다.

무공을 일으킨 것도 아니고, 딱히 인상을 쓴 것도 아니었다.

나는 단지 있는 것만으로 사람들에게 위화감을 주는 존재였다.

그리고 지나가면, 뒤에서 항상 수군거렸다.

"내 생전 저렇게 큰 사람은 처음 이야."

"인간이 맞나?"

"엄마, 무서워."

다 들리지만, 그냥 무시했다.

아주 어릴 때야 저런 소리 들으면, 기분 나쁘기도 하고, 자괴감이 들 때도 있었다.

하지만 지금은 아무렇지도 않다.

사람들에게 기대를 하지 않으면, 실망도 않는 법이다.

신강 사람들은 차를 마시지 않는다. 그래서 신강 전체에서 다루점이 드물고, 여기 토로번에서도 유일하게 하나 있었다.

이름은 신강다루였다.

"어서 오……."

점소이는 인사를 하다 말고 입을 쩍 벌렸다.

나는 놀라움이 진정될 때까지, 잠시 기다렸다.

"……점로대(店老大)를 불러오너라."

"네, 네엡."

그는 후다닥 달려갔고, 잠시 후에 배중도가 나타났다.

“오셨소?”

“…….”

“위에서 잠시 기다리시오.”

그는 점소이에게 말해 방을 하나 내어주었다.

나는 점소이를 따라 삼 층으로 올라갔다.

무심히 삼 층까지 올라간 직후였다.

유독 눈에 띄는 사람들이 있었다.

그들은 다른 점소이의 안내를 받으며 육(六)이라 적힌 방에 들어가는 중이었다.

한 명은 삼류 정도의 무공을 지녔고, 다른 한 명은 발걸음이 독특했다.

조용히 걸을 수 있는데, 일부러 발에 힘을 주는 듯한 느낌이었다.

저런 발걸음을 사용하는 놈들을 알고 있었다.

‘살수다.’

정체를 숨긴 살수들이 저런 발걸음을 가지고 있었다.

과거에 살수에게 당한 적이 있고, 직접 살수 짓을 해봐서 잘 알았다.

‘그런데 왜 이런 곳에 살수가 있지?’

물론 살수가 의뢰를 하러 올 수도 있다.

하지만 누군가를 죽이러 왔다는 것이 더 설득력 있지 않을까?

나는 바로 옆방인 오(五) 번 방으로 안내받았다.

가운데 탁자 하나만 있는 단출한 방이다.

옆방이 계속 신경 쓰였으나, 벽이 두꺼워서 소리는 들리지 않았다.

어쩔 수 없이 벽에 바싹 붙어 앉았다.

그리고 내공을 일으키며 벽 너머를 관찰하기 시작했다.
희미하게 말소리가 들렸다.

"책임자를 부르기만 하면 되죠? 그럼 약속대로 내 역할은 끝난 겁니다."

"……."

"왜 말이 없습니까? 바로 해독약을 줄 거죠?"

"보는 눈이 있을 수 있으니, 입을 다물어라. 약속은 지킨다."

그리고는 어떤 말도 들리지 않았다.

짧은 대화지만, 대충 상황이 파악되었다.

시간이 반각 정도 지났을까?

너털웃음과 함께 두 사람이 방으로 들어왔다.

"허허허. 오래 기다렸나?"

하얀 머리카락과 사람 좋아 보이는 웃음이 인상적인 노인이었다.

하지만 눈빛은 상당히 날카로운데, 그가 바로 신강지부의 지부장인 배민환이었다.

그리고 배중도가 같이 들어왔다.

“마적단들이 보이지 않던데, 이유를 찾았소?”

배민환은 피식 웃었다.

“자네는 정말 인사 같은 건 하지 않는군. 혹시 그동안 마적단에게 뺏은 돈이 얼마인지 궁금하지도 않는가?”

“…….”

“허허. 알았네. 자네 성격을 알고 있으니, 바로 본론으로 넘어가지. 마적단이 갑자기 사라진 이유는 내 아들이 알고 있다네.”

배민환은 배중도를 봤고, 배중도가 입을 열었다.

“최근 자네가 신강 전역에서 마적들을 몰살시키고 있지. 그 시체들은 사람들에게 발견되었고, 소문이 퍼졌다네. 호사가들은 벌써 ‘마적혈귀’란 별호를 붙여주었지.”

나는 별호 따위에는 관심 없었다.

“재밌는 건, 다른 마적들도 소문을 들었다는 거야. 그리고 겁을 먹었지.”

“하긴, 만나는 족족 다 죽이는데, 마적 놈들이 겁을 낼 만 하지.”

배민환이 추임새를 넣었다.

“결국 남은 마적들은 도망치기로 결심한 것 같네. 신강을 빠져나가려는 거지.”

그랬었군. 이유를 알았으니, 해결책을 찾으면 된다.

과연 무영문이 신강 밖으로 도망친 놈들도 추적할 수 있을까?

의문이 생기는 가운데, 배중도의 말을 계속 들었다.

"다행스럽게 최근 좋은 소식이 하나 들어왔는데……."

그때 배민환이 손을 들어 말을 막았다.

꽤 중요한 정보를 말하려는 것 같은데?

배민환이 말했다.

"흠흠. 알겠지만, 우린 장사꾼이야. 이 이상의 정보를 원한다면, 비용을 지불하면 된다네."

능구렁이 같은 영감.

어쩌면 며칠 전, 배중도에게 정보료를 싸게 사서 저럴 수도 있다.

"얼마를 원하시오?"

"사실 이번 정보를 잘 활용하면, 남은 마적단 놈들을 한 번에 처리할 수 있다네. 그리고 이 정보는 자네가 아니더라도 다른 곳에 팔 수 있지."

밑밥을 깔아놓는 모양새가, 확실히 지난번의 일을 염두에 두는 것 같았다.

"그래서 금액은?"

"이만 냥일세. 참고로 이번에는 깎아주기 힘드네."

"마적단의 재물을 판 금액은 어찌되오?"

"이제야 궁금한 모양이구만. 지금까지 정리한 금액은 대략 칠만 냥이네. 참고로 이것도 우리가 잘 받은 거야. 다른 곳이면 사만 냥도 못 받았을 걸?"

"그러니까 딱 마적단의 명단 값만 벌었단 의미군요."

"그런 셈이지."

금액이 정확히 떨어진다?

능구렁이의 말은 믿을 수 없었다. 아마도 그 이상으로 벌었어도, 말을 하지 않았을 것이다.

하지만 지금은 따질 필요성을 못 느꼈다.

'내 생각이 맞다면, 얼마를 측정하든 상관없어.'

"알았소. 그렇게 합시다."

간단하게 대답했고, 배민환과 배중도 놀란 눈으로 쳐다봤다.

"이번에는 금액을 안 깎는가?"

"……."

대답하지 않았다. 지금은 대답할 이유가 없었다.

그 모습이 수상했는지, 두 사람은 서로를 쳐다봤다.

배민환이 말했다.

"일단, 거래를 하는 걸로 하지. 돈은 나중에 청구하고 일단 알려주겠네. 현재까지 자네가 죽이지 못한 흑수단 수가 총 열 명이지? 그들은 지금 한곳에 모여 있다네."

"거기가 어디요? 그리고 이유는?"

"다른 지역으로 넘어가기 전에 크게 한탕 할 생각인 것 같아. 그래서 모인 마적들의 수가……."

배민환은 배중도를 쳐다봤다.

"몇 놈이라고 했지?"

"지금까지 모인 수가 이백이 넘는다고 합니다."

"허어. 많기도 하구나. 어딜 노리는지도 아느냐?"

"나흘 뒤, 청해표국 오르목제 지점에서 출발하는 표물이 있는데, 합밀을 거쳐 청해로 들어간다고 합니다. 마적단들은 그것을 노리고 있는 것 같습니다."

"허허허. 마적 놈들이 마지막 발악을 하는구나."

청해표국은 청해에서 가장 큰 표국이었다.

중원 북서쪽 지역과 청해, 신강과 서장까지 발을 넓히고 있었고, 그만큼 강한 표사들을 보유하고 있었다.

웬만한 마적단들도 그들은 건들지 않았다.

"이번에는 제대로 준비한 것 같습니다. 마적들이 중원의 흑도 고수를 영입했다는 소문도 있고, 청해표국 표두 중 한 명을 매수했다고 합니다."

"허어. 청해표국도 이번에는 조심해야겠구나."

"네. 게다가 마적의 특성상, 일이 끝난 후에는 뿔뿔이 흩어질 테니까요. 나중에 물건을 되찾는 것도 힘들어질 겁니다."

"그렇다는군."

마지막은 나에게 하는 말이었다.

"자아, 그럼 이제 말해보게. 정보료 이만 냥은 어떻게 갚을 생각인가?"

배민환이 웃으면서 물었다.

그 모습이 이 상황을 즐기는 것 같았다. .

그때였다.

"야아. 이것들이, 나 대응패력도를 뭐로 아는 거야? 내가 돈을 준다고 했잖아!!"

옆방에서 누군가 소릴 질렀다.

그 살수들이다.

그놈들이 옆방에서 소란을 피우고 있었다.

"아. 말이 안 통하네. 여기 책임자 누구야? 책임자 오라 그래!"

책임자를 찾고 있었고, 배민환이 배중도에게 눈짓을 보냈다.

그러자 배중도가 방을 나섰다. 아마도 옆방으로 가서 직접 해결하려는 것 같았다.

그동안 배민환은 나를 재촉했다.

"자자, 저쪽은 신경 쓰지 말고, 우리 일을 마무리 짓지."

"……."

"방금 들은 정보는 청해표국 입장에서도 아주 중요하네. 우리가 그쪽에 직접 팔아도 된다는 뜻이지."

"……."

"혹시 돈이 없나? 그럼 다른 방법도 있어. 지난 번처럼 우리 일을 조금만 도와준다면……."

이상하게도 이 노인은 나를 부려먹고 싶어 했다.

물론 그럴 생각은 없었다.

그것보다 옆방 상황을 계속 주시했다.

결국 내가 예상했던 상황이 벌어지고 있었다.

우당탕.

파팟.

뭔가 부서지는 소리와 싸우는 소리가 들렸다.

배민환도 의아한지 옆방을 봤고, 상황을 알려주고 싶지만 시간이 없었다.

자칫 늦을 수도 있었다.

우우웅.

금천무경을 일으켰다.

하단전의 기운이 요동을 치면서 온몸으로 퍼졌다.

내공이 심장을 감싸며 두근거리는 횟수가 줄어들었고, 호흡이 느려진다.

그리고 눈에 보이는 모든 것들이 멈추기 시작했다.

금천무경은 진천문의 독문무공으로 다섯 가지 내공을 아

우르는 토대가 된다. 그리고 시전자의 오감을 끌어올렸다.

그래서 무공을 발현하기 좋은 체질로 변하는데, 나는 유달리 눈의 능력이 강화되었다.

눈이 금색으로 변하면서, 이를 '금륜안'이라 불렀다.

금륜안 일 단계 광시(廣視).

시야 범위는 세 배 이상 넓어지고, 아주 멀리까지 볼 수 있다. 그리고 아주 작은 물건도 세밀히 볼 수 있었다.

지금도 배민환의 땀구멍 하나하나가 전부 보였다. 또 공기에 떠다니는 먼지나 떨림까지 볼 수 있었다.

물론 단순히 잘 보이는 것만이 아니다.

이 순간만큼은 시간이 멈춘 것 같다. 아무리 빨라도 내 눈에는 그림과 같이 천천히 보였다.

날아다니는 파리의 날개가 하나씩 보일 정도였다.

이 능력은 아무에게 발현되지 않는다.

초대 문주님을 제외하고 내가 유일했고, 진천무경의 성취가 높을수록 금륜안도 강해졌다.

나는 현재 이 단계까지 성장했다.

금륜안 이 단계 투시(透視).

감각이 극도로 올라가면서, 보이지 않는 것도 볼 수 있게 된다.

지금 내 눈에는 옆방의 상황이 대략적으로 보였다.

마치 벽이 반쯤 투명해지는 것 같다.

거기에 옆방에서 들리는 소리, 일렁이는 살기, 칼날에 남아 있는 비릿한 피 냄새까지 느껴지면서, 벽 너머의 상황을 정확히 파악할 수 있었다.

지금 옆방에서는 살수가 배중도를 공격하고 있었다.

배중도가 들어오자마자 몰아붙였다. 살수라 그런지 거의 살기를 드러내지 않고, 검속도 남다르게 빨랐다.

벌써 배중도는 일곱 군데의 자상을 입은 상태였다.

'자칫 늦을 수도 있겠는데.'

서둘러 금강우내권을 펼쳤다.

우직.

소리와 함께 벽이 갈라졌다. 동시에 벽을 밀면서 안으로 들어섰다.

콰앙.

벽이 무너지자, 한 녀석이 놀라서 이쪽으로 쳐다봤다.

장검으로 배중도를 위에서 내리치려는 놈이다.

그리고 배중도의 상태는 심각했다.

오른쪽 어깨를 심하게 다쳐 근육이 손상되었다. 손을 올리지 못했고, 왼쪽 손으로 검을 쥐고, 간신히 막고 있었다.

마지막은 살수.

그는 배중도의 사각으로 교묘하게 파고들었다. 그리고 벽이 부서져도 뒤를 돌아보지 않고 검을 찔렀다.

이놈은 위험하다. 오직 목표물만 노리는 특급 살수다.

이대로는 배중도가 죽는다.

'그건 곤란하지.'

아무리 금륜안이라도 시간을 조절할 순 없었다. 그리고 내가 빠르긴 하지만, 살수를 압도할 만큼은 아니었다.

그래도 방법은 있었다.

금륜안 이 단계를 극상까지 끌어올렸다.

눈앞의 금빛이 확연히 강해진다.

이때 보이는 세상은 뭔가 특별하다.

모든 것이 선명해지면서 다른 세상에 있는 것 같은 느낌이 들었다.

이때 살수의 몸을 투시하면서 어떤 근육을 사용하고, 내공이 어디로 흘러가는지 알 수 있다.

그리고 다음에 어떻게 움직일지, 어떤 초식을 사용할지 짐작할 수 있었다.

뿐만 아니라, 배중도를 보면서 그가 어떻게 대응하고, 피할지도 예상할 수 있었다.

그들의 행동들이 머릿속에 그려지면서, 내가 끼어들 수 있는 틈을 만들어냈다.

쉬이익.

먼저 허리춤에 있는 작은 수리검을 두 개 던졌다.

하나는 살수의 발을 노렸고, 또 하나는 배중도의 목을 찌르려는 놈이었다.

물론 큰 피해를 주진 못한다. 하지만 아주 약간의 시간은 벌 수 있었다.

작은 차이지만, 내가 다가갈 수 있는 시간이다. 살수는 자세가 살짝 흐트러졌고, 배중도는 겨우 검을 피했다.

그사이 내가 다가가서 살수의 다음 공간을 선점했다.

"헛."

자신의 공간을 뺏긴 살수는 당황하며, 방향을 틀었다.

퍼억.

그때 내 주먹이 살수의 얼굴을 갈겼다. 그는 양팔로 막으려 하지만, 그것만으로 부족할 것이다.

우직.

우당탕.

살수의 팔은 부러지고, 어깨까지 탈골되면서 반대쪽으로 날아갔다. 이어서 장검을 든 사내에게도 달려갔다.

진천무, 금강우내권.

'일점파쇄'

작은 한 점에 모든 것을 집중시키는 무공이다.

그는 장검을 들면서 막았지만, 그 정도로 막을 수 있는 것이 아니다.

콰직.

"크아악."

장검은 부서지고, 팔과 가슴뼈까지 박살났다.

일부러 죽이진 않았다.

배후를 알아내기 위함이고, 무영문을 위한 배려였다.

"후우우."

나 역시 정상은 아니었다.

금륜안 이 단계를 사용한 지는 얼마 되지 않는다. 이렇게 급작스럽게 사용하면, 몸에 부담이 왔다.

나는 즉시 금륜안을 거두며, 눈을 감았다. 사흘 밤낮을 눈을 뜬 것처럼, 눈이 매우 건조했다. 찌르는 듯한 고통마저 느껴졌다.

이건 내공으로 해결될 문제가 아니었다.

그냥 가라앉을 때까지 기다려야 한다.

그사이, 배민환도 이쪽으로 넘어왔다. 그리고 상황을 파악했다.

먼저 아들의 상태를 살폈고, 의원을 불렀다. 그런 후에, 수하들을 불러서 살수들을 데려갔다.

그동안 나는 조용한 방을 요청했고, 눈이 진정될 때까지 혼자 있었다.

'최소한 반 시진은 걸리겠군.'

그래도 눈을 혹사시킨 보람은 있었다.

배민환이 아들이 죽었다면서 울고불고하는 모습은 보지 않아도 되니까.

또 정보료에 관한 말도 쏙 들어가겠지.

반 시진 후에 배민환이 찾아왔다. 그가 먼저 정보료에 대해 말했다.

"철경 소협. 아들을 구해줘서 고맙네. 마적단 정보료는 없던 일로 하세나. 돈을 받지 않겠네."

하지만 그걸로는 부족하지.

"무영문 사람임을 증명하는 패가 있던데, 하나만 빌려주시오."

"무영문의 패를? 왜?"

"쓸데가 있소."

"그건 함부로 만들어주면 안 되는 물건이야."

"아들의 목숨 값으로도 부족한 모양이군."

"으으음."

배민환은 곧 허탈한 표정으로 대답했다.

"알았네. 만들어주지."

"마지막으로 하나 더 부탁합시다. 여기에 적힌 곳에 대해 알아봐 주시오."

나는 미리 준비한 이름을 내밀었다.

마적단의 복수는 끝나고 있으니, 다음 복수를 위해서였다.

배민환은 그것을 확인하더니, 한숨을 쉬었다.

"휴우. 어느 수준까지 조사하길 원하나?"

"어느 정도까지 할 수 있소?"

"마음만 먹으면, 문주의 속곳 색깔도 알 수 있지. 하지만 그만큼 시간과 돈이 들어가는……."

"아들의 목숨 값으로 그 정도는……."

"알았네. 알았으니까, 그만 좀 우려먹게!"

배민환은 짜증을 내며 대답했다.

나도 더 이상은 부탁하지 않았다.

배민환은 철경에게 무영문의 신분을 증명하는 패를 만들어주었다. 그리고 당분간은 살수 때문에 연락할 수 없다고 전했다.

철경은 고개만 끄덕인 뒤, 곧바로 떠났다. 배민환은 그가 떠나는 모습을 이층에서 바라봤다.

그리고 침상에 누워 있는 아들에게 다가갔다.

"중도야. 괜찮으냐?"

"안 좋은 모습을 보여드려 죄송합니다. 아버님."

"마음먹고 습격한 살수를 무슨 수로 막는다고. 그저 살아 있는 게 천운이다."

사실은 철경 덕분이었다.

그가 아니었다면, 대응이 늦었을 것이다.

그건 차차 보답하면 되고, 먼저 할 일이 있었다. 배민환은 주먹을 꽉 쥐며, 중얼거렸다.

"감히 어떤 놈이, 무슨 일 때문에 그랬는지 모르지만, 두고 봐라. 내가 절대 가만 있지 않겠다. 아, 그리고 호위 인원도 세 배로 늘려야지."

"아버님의 호위도 늘려야 합니다."

"그래. 그리고 철경이 부탁한 일은 내가 직접 처리할 테니. 신경 쓰지 말거라."

아무리 바빠도 철경 일은 빠뜨리지 않았다.

배중도는 조심스럽게 물었다.

"저어, 아버님. 철경이 고수인 건 인정합니다. 하지만 저 정도 고수는 돈만 있으면 얼마든지 구할 수 있습니다. 왜 유독 철경에게 관심을 두는 겁니까? 혹시 이유가 있습니까?"

"금륜안 때문이지."

"금륜안요?"

배민환이 잠시 생각하더니, 천천히 입을 열었다.

"마침 시간도 있으니, 지금 이야기를 해주마. 내가 왜 철경에게 정성을 쏟는지."

"경청하겠습니다."

"그에 앞서 오백 년 전에 벌어진 사건을 알아야한다. 당시에 새외의 한 무인이 중원으로 향했다. 그는 기라성 같은 중원의 고수들을 꺾었고, 당대의 구대문파까지 무릎을 꿇렸지. 종국에는 십만대산의 마교까지 찾아가서 천마를 이겼다고 전해진다. 그는 처음이자 마지막으로 새외에서 배출한 '천하제일인'이었어."

배중도는 고개를 갸웃거렸다.

그 정도 인물이라면 굉장히 유명했을 텐데, 한 번도 들어본 적이 없었다.

"금시초문이군요."

"그럴 수밖에. 마교나 중원의 입장에서는 부끄러운 역사니까. 오백 년 동안 그의 흔적을 지우려고 상당히 노력했다고 들었다. 또 그 천하제일인의 후손은 명맥을 이어가지 못했어. 갈수록 세가 약해졌고, 지금은 거의 사라졌지."

"그럼 철경이 그분과 관련이 있는 겁니까?"

배민환은 슬며시 웃었다.

"우리 무영문의 기록에 의하면, 그 천하제일인이었던 사내는 금빛 눈을 가졌다고 하더구나."

"아아."

그제야 배중도는 알 것 같았다.

배민환이 왜 철경에게 신경을 쓰는지.

철경은 예전의 천하제일무인이었던 남자와 같은 문파였다. 그리고 같은 금륜안을 가진 것이다.

"분명 지금의 철경은 천하를 논할 급은 아니다. 하지만 앞으로 크게 될 가능성이 있어. 그리고 우린 그 옆에 있어야 하고."

배민환은 무영문 신강 지부의 지부장이었다.

하지만 과거에 장로였고, 고향도 중원이다. 언젠가는 다시 중원으로 가고 싶어 했다.

그것을 위해서라면 큰 성과가 필요했고, 금륜안을 지닌 철경이 열쇠라 믿고 있었다.

"그는 무림에 출두하자마자, 신강의 마적단을 쓸어버렸다. 아직은 미미하지만, 분명 천하를 흔들 거야."

마치 잔잔한 호숫가에 큰 돌이 떨어진 것처럼.

그것은 단순한 파장이 아니라, 큰 파도가 될 수도 있었다.

진정한 투자가는, 미래를 보고 투자할 줄 알아야 한다. 배민환은 철경에게 투자를 하려 했다.

남은 마적단을 잡고, 흑수단의 열명도 죽여야 한다.

그래야 첫 번째 복수를 끝낼 수 있었다.

하지만 안타깝게도 무영문은 그들의 정확한 위치를 모르고 있었다. 마적들이 겁을 먹고, 계속 움직이고 있기 때문이다.

그리고 지금은 살수 때문에, 무영문도 정신없었다.

'결국 이번 마적 놈들은 다른 방법으로 찾아야 하는데.'

다행히 그들이 무엇을 노리는지는 알고 있었다.

청해표국.

그들만 따라간다면 마적들을 만날 수 있을 것이다.

철경은 문득 걸음을 멈추고, 주변을 둘러보았다.

이곳은 신강이다.

대부분 사막과 들판이었고, 숨을 곳이 없었다. 표행을 몰래 따라가는 건 쉽지 않았다.

'더구나 내 체구를 생각해 본다면, 더욱 어려워.'

그것보다는 아예 표사가 되는 것이 낫다. 혹은 짐을 나르는 쟁자수도 괜찮았다.

어쨌든 청해표국의 일행이 되어 같이 움직일 수 있다면, 마적단 놈들도 쉽게 만날 수 있었다.

'나 정도의 무공이면, 표사가 되기에 충분하겠지.'

하지만 현실은 녹록지 않았다.

철경은 사흘을 뛰었다.

그렇게 '오로목제'란 마을에 도착했고, 곧바로 청해표국 분점으로 향했다.

정문을 지키는 사내들이 있었는데, 철경이 다가오자 잔뜩 긴장했다.

육중하고 거대한 몸집에 놀라 무기를 꽉 움켜쥐었다.

철경이 말했다.

"표사가 되고 싶어 찾아왔소."

"자, 잠시만 기다려 주시오."

그중 한 명이 안으로 들어갔다. 그리고 한 사람을 데려왔다.

배가 살짝 나온 중년인이었는데, 조금 높은 직위를 가진 듯 보였다.

그는 신기한 동물을 보듯 철경을 바라봤다. 그리고 큰 체구에 감탄했다.

"허어. 대단하구만. 안녕하시오. 나는 왕자복 표두라고 하오. 표사가 되고 싶어 왔다 했소?"

철경은 고개를 끄덕였다.

"그쪽 무공 수준은 모르지만, 겉모습만 보면 표사가 되기에 충분하구려. 도적들이 보기만 해도 겁나서 도망가겠소. 하하하."

그는 소탈하게 웃었다.

반응으로 보아, 쉽게 표사가 될 줄 알았다. 그런데 문제가 발생했다.

"일단 안으로 들어갑시다. 몇 가지 서류를 작성하고, 간단한 시험이 있을 거요. 그리고 통과하면 신원조회를 하는데, 별일 없으면 한 달 후에는 일할 수 있을 거요."

한 달 후?

'나는 당장 내일 떠나는 표행에 따라가야 하는데?'

"내일 출발하는 표행이 있다고 들었소만……."

그러자 왕자복이 피식 웃었다.

"혹시 표사 일을 처음 해보는 거요?"

"그렇소."

"어쩐지……. 어디서 뭘 들었는지 모르지만, 분명히 말하리다. 대부분의 표국에서는 표사를 채용하고 바로 일을 시키지 않소. 마적단의 간세일 수도 있고, 표행 중에 강도로 돌변할 수 있으니까."

그래서 한 달 동안 지켜보면서 인성을 파악하고, 신원을 알아본다고 한다.

하지만 철경은 한 달을 기다릴 수 없었다.

그는 왕자복에게 물었다.

"그럼 쟁자수는 어떻소?"

"쟁자수는 마찬가지오. 한 달 정도 조사를 받아야 하오."

이러면 계획에 차질이 생기는데.

"다른 방법은 없소?"

왕자복은 웃으면서 물었다.

"허허허. 이제 보니, 표사가 하고 싶은 게 아니었군. 다른 지역으로 가면서 돈을 벌고 싶은 거요? 그래서 내일 당장 표행에 참여하려고?"

철경은 고개를 끄덕였다.

"간혹 무림인 중에 그런 사람들이 있는데. 우린 대부분 거절하오. 아, 물론 그들을 채용할 때도 있지만, 누구나 알 만한 사람, 그러니까 신원이 확실한 사람일 때만 가능하오."

한마디로 신원만 확실하다면, 내일 표행에 따라갈 수 있다는 뜻이었다.

그럼 무엇으로 신원을 증명할까?

한 가지 방법이 있었다.

철경은 배민환에게서 받은 무영문 패를 내밀었다.

"이거면 신분 증명이 되겠소?"

왕자복은 패를 살피면서 중얼거렸다.

"으음. 진품인 것 같구려. 그래도 무영문 쪽에 확인을 해야 하오. 삼 일 정도 걸릴 거요."

역시 삼 일은 기다릴 수 없었다.

철경은 잠깐 고민했고, 정면돌파하기로 마음 먹었다.

"할 수 없이 솔직히 말해야겠구려. 마적단들이 이번 표행을 노리고 있다는 정보가 있소."

"뭐, 뭐라고? 정말이오?"

"이번 표행의 책임자를 만나게 해주면, 자세히 설명하겠소."

철경은 거짓말을 싫어했다.

하지만 사실대로 말할 만큼 순진하지도 않았다. 딱 필요한 것만 말해줄 생각이었다.

왕자복은 잠깐 고민하더니, 결국 안으로 안내했다.

철경은 잠시 후, 한 사람과 독대했다.

그가 이번 표행의 책임자였다.

"총표두 도방진이라 하오. 그런데 왕 표두 말을 들어보니, 마적단 얘기를 하셨다고요? 아니, 그전에 무영문의 어느 소속인지 알려줄 수 있겠소?"

그는 처음부터 의심스러운 눈빛을 보냈다.

철경이 입을 열었다.

"정확히 말하면, 나는 무영문 소속은 아니오. 무영문과는 인연이 있어 패를 얻은 것뿐."

"어떤 인연인지 궁금하군요."

"별것 아니오. 나는 마적단에게 원한이 있고, 그들을 쫓으면서 서로 돕고 있소."

"마적단에게 복수하려는 겁니까?"

철경은 고개를 끄덕였다.

복수는 무림에서 흔한 일이고, 어떤 행위이든 정당화시킬 수 있었다.

"무영문 말로는, 내가 노리는 마적들이 청해표국의 다음 표물을 노린다고 했소."

"흐음. 이번 표행에……."

무영문의 정보는 믿을 수 있었다.

하지만 도방진 총표두는 신중한 사람이었다.

"흐음. 귀하의 사정은 잘 알겠소. 하지만…… 귀하의 말을 무작정 믿을 순 없소. 아는지 모르지만, 우리 청해표국은 신강과 청해를 통틀어 규모가 제일 크고, 고수들을 보유하고 있소. 최근 십 년 동안 단 한 번도 마적단에게 당한 적이 없소이다."

그는 자랑스럽게 말했다.

철경은 담담히 반박했다.

"이번에는 다를 거요. 여러 마적단이 힘을 합쳤고, 그 수가 무려 이백이 넘는다고 하더군."

"이, 이백? 그 정보, 확실한 거요? 마적단은 이기적인 집단이라, 그렇게나 많이 뭉칠 수 없을 텐데."

"내 말의 진위 여부를 확인하고 싶으면, 무영문 측에 연락해 보시오."

그러면서 다시 무영문의 패를 내밀었다.

하지만 도방진은 패를 쳐다보지 않았다.

"무영문이 어떤 곳인지는 나도 알고 있소. 하지만 여기서 제일 가까운 신강지부도 말을 타고 사흘은 걸릴 거요."

"전서구를 이용하면 되잖소?"

"요새 전서구는 믿을 수 없소."

전서구를 잡아서 가짜 정보를 심는 경우도 많았다. 그래서 정말 중요한 정보는 전서구를 이용하지 않았다.

표행은 무슨 일이 있어도 내일 출발해야 하고, 확인할 시간이 부족하다는 뜻이다.

"그럼 표행은 먼저 출발하고, 뒷 사람이 무영문 쪽에 확인하고, 쫓아오면 되잖소?"

"그것 역시 안되오. 최소 칠 일은 걸릴 텐데, 그동안 그쪽이 강도로 돌변하면 곤란하니까."

그는 보기보다 걱정도 많은 사람이었다. 철경은 답답함을 느꼈다.

"일을 어렵게 끌고 가는군."

이런 식으로는 결론이 나지 않는다. 아니, 결론이 나더라도 오래 걸릴 것 같았다.

철경은 총표두 도방진을 똑바로 보면서 말했다.

"당신이 착각하는 게 두 가지 있소."

"무슨 뜻이오?"

"첫째, 나는 그쪽 표물을 훔치기 위해 몰래 들어올 필요 없소."

그는 진천무경을 일으켰다. 기운을 숨기지 않고, 마음껏 표출했다.

우우웅.

두 사람은 깜짝 놀라 뒤로 물러섰다.

왕자복은 물론 도방진 총표두 역시 잠깐을 버티지 못했다. 그의 표정이 금세 일그러졌다.

“그, 그만하시오. 쿨럭. 쿨럭.”

내공까지 상했는지, 연신 기침을 했다.

철경은 힘을 거두었고, 도방진은 한숨을 쉬었다.

“휴우. 함부로 의심해서 미안하오. 그쪽이 이 정도로 고수인지 몰랐소.”

철경이 뿜어낸 기운은 절정을 넘어섰다.

이 정도면, 보통 대문파에서도 장로급 대우를 받았다.

반대로 표국의 수준은 낮은 편이다. 표사들 대부분이 이삼류 무사들이고, 표두들조차 일류을 벗어나지 못했다. 총표두 역시 마찬가지다.

한마디로 철경 정도 되는 고수라면, 표행 중에 난입해도 막을 수 없었다. 그러니까 굳이 표국에 잠입할 필요가 없다는 뜻이었다.

게다가 한 가지 더 있었다.

“이상하지 않소? 많고많은 표국 중에 왜 하필 청해표국 오르목제 지점을 노렸을까?”

도방진과 왕자복은 서로를 바라봤다. 왕자복이 중얼거렸다.

“하긴, 조금 이상하군요. 근방에는 표국만 다섯 개가 넘습니다. 또 신강 남쪽에도 청해표국의 분점도 또 있는데,

왜 하필 우리 지점을?"

"표두 중에 배신자가 있소."

철경의 말에 두 사람의 표정이 극도로 어두워졌다.

"확실합니까?"

"무영문의 정보는 그러했소."

"으음."

정말 내부의 누군가 출발 일정과 경로를 마적단에게 흘렸을까?

냉정히 생각해도 그럴 가능성이 높았다. 하지만 조사하기가 만만찮았다.

도방진과 왕자복은 귓속말로 속삭였다.

"자칫 분란을 조장할 수도 있다네."

"그래도 확인해야 합니다. 아시겠지만, 이번 표행은 우리 지부의 사활이 걸려있습니다. 나중에 후회할지언정, 확인을 하시는 게 어떻습니까?"

"흐음."

만약 철경의 말이 틀리면, 망신만 당하면 된다. 하지만 그의 말이 맞다면?

정말로 마적단이 나타난다면, 모든 것을 잃을 수 있었다.

"좋소. 한번 해봅시다."

도방진은 경로와 일정을 알고 있는 사람들을, 모두 불러 모았다.

그리고 철경에게 말했다.

"대협은 잠시 기다려 주시오. 내부적으로 확인을 거친 후, 얘기합시다."

그를 뒤채의 조용한 곳으로 안내했다.

철경이 뒤채로 간 지 두 시진이 흘렀다.

이제 해가 지려 하는데, 아직 말이 없었다.

'내일 당장 떠나야 한다면서 뭘 하는 거지?'

철경은 의아해서 창문을 열고 주변을 둘러보았다. 여차하면 총표두를 찾아갈 생각이었다.

그런데 마침 왕자복이 지나가는 모습이 보였다. 철경은 창에서 뛰어내려 그에게 달려갔다.

"어떻게 됐소?"

"어이쿠, 깜짝이야."

그는 상당히 놀랐는지, 가슴을 부여잡고 소리쳤다.

"갑자기 나타나면 어떡하오?"

"벌써 두 시진이나 흘렀소."

"아, 그게…… 흠흠. 표행 일정과 경로를 아는 사람들은 모두 열아홉 명인데, 전부 자신은 아니라고 잡아떼고 있소. 이십 년이 넘게 함께한 사람들이라 함부로 할 수도 없고, 배신자를 잡아내기 어려운 상황이오."

그러니까 아직 건진 것도 없고, 아무것도 못했다는 말이었다.

답답한 사람들이군.

"내가 도와주겠소."

"어떻게 말이오?"

"일단 안내하시오."

이러다 표행이 취소되면, 철경이 곤란해진다.

그는 왕자복을 앞세워 표사, 표두들이 모인 곳으로 향했다.

가면서 왕자복에게 말했다.

"가는 즉시, 사람들에게 말하시오. 이번 표행이 취소됐다고."

"네에? 뭐라고요?"

"오랜 고민 끝에 총표두가 그렇게 결정을 내렸다고 말하는 거요."

"아니, 아니. 잠깐만. 그런 거짓말을 왜 한단 말이오?"

왕자복은 걸음을 멈추고 물었다.

철경이 이유를 설명했다.

"반대로 생각해 봅시다. 만약 당신이 표국의 정보를 마적단에게 흘렸소. 대가로 돈을 받았겠지. 그런데 만약 표국이 표행을 취소한다면 어떻겠소?"

"아아. 그렇지. 곤란하겠군요. 표행이 취소되면, 마적단 놈들이 가만 있지 않을 테니까."

표행이 절대 취소되면 안 되는 사람을 꼽으라면, 배신자일 것이다.

"그러니 분명 반응을 보일 거요."

계획은 간단했다.

왕자복이 사람들에게 내용을 전달하면, 철경은 뒤에서 표사들을 관찰한다.

제일 많이 놀라고, 제일 크게 반대하는 사람이 배신자일 가능성이 높았다.

두 사람은 계획대로 실행했다.

"……그래서 긴 장고 끝에 도방진 총표두께서 결정을 내리셨습니다. 이번 표행을 취소하기로요."

"뭐라고요?"

"왕 표두. 정말입니까?"

"그럼 엄청난 위약금까지 물어줘야 할 텐데."

"손해가 클 거야."

"아니야. 그게 맞어. 마적단이 노리고 있다는데, 굳이 모험을 할 필요 있나?"

"마적단이 노린다는 증거가 없잖은가?"

사람들이 동시에 입을 열었다.

각자 자신이 하고 싶은 말을 했고, 난잡하고 정신없는 분위기였다.

그사이 철경은 금륜안을 펼쳤다.

그리고 사람들을 살폈다.

시야가 확장되고, 눈앞에 보이는 것들이 정지 상태로 보인다. 그것을 아홉 개로 등분하고, 그것을 다시 아홉 개로 나누었다.

총 여든한 개로 구분하여, 동시에 분석하기 시작했다. 짧은 시간에 할 수 있는, 오직 철경만이 할 수 있는 상황 분석법이었다.

대부분의 사람들은 왕자복 표두의 말을 듣는 순간, 놀라는 반응을 보였다.

동공이 살짝 커지고, 표정이 굳고, 몸이 경직되었다.

크게 세 가지로 나눌 수 있었다.

첫 번째 관심이 없는 사람.

표행이 취소되어도 상관하지 않는 사람들. 그들은 구석에서 조용히 있었고, 그 수는 세 명에 불과했다.

두 번째는 표행이 취소되는 걸 찬성하는 사람들.

마적단이 위험하다는 걸 인정했고, 당연히 취소해야 한다고 주장했다.

여섯 명이었다.

그들을 제외하면, 나머지 열 명은 표행 취소를 반대했

다. 표행을 계속 해야 한다고 주장했고, 다시 둘로 나눌 수 있었다.

자리에 앉아서 차분하게 반대하는 쪽과 자리에서 일어서서 열성적으로 반대하는 쪽.

하지만 철경은 그들 중, 한 사람을 눈여겨보았다.

그는 비교적 차분했다.

나이는 예순이 넘은 것 같았고, 자신의 감정을 잘 조절하고 있었다.

하지만 자세히 보면, 의자에 턱을 괴고 입을 살짝 가린 채, 불만 가득한 눈빛으로 주변을 둘러본다.

어깨는 잔뜩 힘이 들어갔고, 목덜미와 이마에는 땀이 송글송글 맺혀 있었다.

덥지도 않은 날씨에 땀을 흘린다?

충분히 의심스러웠다.

그가 말하는 것도 이상했다. 주위 사람들을 부추겼다.

"이 정도 규모의 표행을 취소시키면, 본단의 국주가 가만히 있지 않을 거야. 우리 표두들까지 자를지 모른다고."

"설마? 총표두가 책임을 지겠지."

"아니야. 도방진 총표두는 겉과 속이 다른 사람이잖아.

겉으로는 책임감이 강해 보여도, 막상 일이 닥치면 아랫사람에게 책임을 떠넘긴다니까."

"그래?"

"내가 몇 년 전에 당해봐서 알잖아. 그러니까 우리도 이대로 있으면 안 돼."

"그렇다고 우리가 뭘 어떡하겠나? 방법이 있나?"

"총표두에게 가서 항의라도 해야지. 필요하면 무기도 들고……, 나야 나이가 많고 힘도 없지만, 자네가 나서면 사람들이 따를 거야."

그렇게 사람들을 선동했고, 잔뜩 흥분한 사람들은 그의 말에 움직이는 듯 했다.

철경은 그에게 다가갔다.

그리고 대뜸 물었다.

"왜 그랬소?"

"뭐, 뭐가…… 아니, 그것보다 당신은 누구요?"

"마적단과 언제 만난 거요?"

그러자 그 남자의 심장이 미친 듯이 뛰었다. 그리고 신경질을 내면서 소리쳤다.

"도대체 무슨 말을 하는 겁니까? 그리고 왜 나를 그런 식으로 쳐다보는 거요?"

"당신이 마적단과 내통했으니까."

단정 짓듯이 말했다.

물론 그 남자는 펄쩍 뛰었다.

“내, 내통이라니. 설마 나를 의심하는 거요? 사람을 뭘로 보고! 내가 여기서 일한 지, 벌써 삼십 년이 넘는 사람이오.”

연륜이 있어서인지, 연기가 대단했다. 정말 억울하게 보였다.

그는 왕자복에게도 소리쳤다.

“왕 표두. 이 사람 누군가? 누군지 몰라도 삼십 년간 개처럼 일한 나보다, 처음 보는 사람의 말을 믿는 건가?”

그는 억울하다고 방방 뛰면서 난동을 부리려 했다.

철경은 그의 어깨를 살포시 잡았다.

“앉으시오.”

꾸욱.

내공을 일으킬 필요도 없었다.

악력만으로 눌렀고, 그는 부들부들 떨면서 자리에 앉았다.

반항조차 하지 못했다.

“끄으응.”

“삼십 년이나 일한 곳을 배신했다면, 이유가 있겠지. 무슨 문제요? 협박이오? 아니면 돈이 필요했던 거요?”

그의 심장은 돈이란 단어에서 더 크게 뛰었다.

“돈이군. 왜 필요했소?”

“도, 도대체 무슨 말을 하는 겁니까?”

"집안의 누가 아파서? 아니면 도박? 아아. 도박이군. 도박을 좋아하는 것 같군."

철경은 그의 신체의 반응을 살피면서 물었고, 그렇게 진실을 찾아갔다.

입은 거짓말할 수 있다. 하지만 정말 고수가 아니라면 심장, 맥박 같은 것들은 조절하기 어려웠다.

그 남자도 처음에는 잔뜩 억울한 표정을 짓더니, 이내 하얗게 질려갔다. 그리고 마침내 고개를 떨구었다.

주변 사람들도 그제야 그를 의심하기 시작했다.

이쯤에서 철경은 물러났다.

이제부터 청해표국 내에서 해결해야 하는 문제였다. 나머지는 왕자복에게 맡기고, 그는 숙소로 돌아갔다.

그날 밤, 총표두 도방진과 표두 왕자복이 철경을 찾아왔다.

"정말 고맙소. 대협이 아니었으면, 정말 큰일 날 뻔했소."

"일이 잘 풀린 것 같군요."

"확인해 보니, 그가 배신자였소. 도박으로 큰 빚을 졌고, 해결하기 위해서 마적단에게 정보를 팔았소."

"그럼 표행은?"

철경의 입장에게는 이 부분이 가장 중요했다.

혹여나 겁을 먹고, 표행을 취소할 수도 있었다. 그럼 마적단을 찾는 일이 더 복잡해진다.

"휴우. 만약 표물의 규모가 작았다면, 표행을 취소했을 거요. 하지만 이번 건은 힘들 것 같소."

그는 답답했는지 한숨을 몇 번이나 쉬었다. 왕자복이 대신 설명했다.

"사실 이번 표행은 우리 지부 최대의 규모이고, 시일이 촉박한 상황이오. 만약 조금이라도 늦는다면 위약금을 물어줘야 하므로, 날짜는커녕 경로조차 바꿀 수 없소."

표행은 이미 최단 경로로 짜여 있기 때문이다.

"그래서 표행은 그대로 진행하기로 했소. 대신 인원을 보강해서 마적단에 대응할 거요."

철경의 입장에서는 다행스러운 결정이었다.

"일단 우리 지부에서 표사들을 최대한 많이 데려가고, 본단에도 지원을 요청했소. 아마 합밀 근처에서 합류하겠지. 아, 그리고 돈을 주고 낭인도 고용할 계획인데……."

표사들을 아무리 모아도 백 명이 되지 않았다. 그래서 모자라는 부분을 낭인으로 채울 생각이었다.

도방진이 철경에게 물었다.

"그래서 말인데, 대협…… 참 대협의 존함이 어떻게 되시는지?"

"철경이오."

"그럼 철경 대협. 왕 표두 얘길 들어보니, 표사로 같이 가길 원했다고 들었소. 그럼 차라리 낭인으로 합류하면 어떻소? 그편이 우리도 비용 처리하기 편하고, 돈도 많이 챙겨드릴 수 있는데."

"나는 상관없소."

"하하. 시원해서 좋소이다. 대협이 도와준다면, 걱정할 것 없지요. 내 사비를 사용해서라도 사례는 최대한 챙겨드리겠소. 그리고 다시 한번 말하지만, 정말 감사드리오."

두 사람은 진심으로 고마움을 표했다.

그리고 철경 또한 고마웠다.

표행을 포기하지 않아서.

마침내 계획대로 마적단 놈들을 만날 수 있게 되었다.

다음 날 새벽, 청해표국의 표행은 예정대로 진행되었다.

대신 표사들의 수를 최대한 늘렸고, 근처의 낭인들을 끌어모았다. 그렇게 무인들의 수만 세 배로 늘린 후 출발했다.

다만 대부분의 표사들과 쟁자수들은 마적단 얘기는 모르는 상황이었다. 자칫 혼란을 야기할 수 있기 때문에, 몇몇 표두와 상급 표사들에게만 알려주었다.

철경은 표국의 일에는 신경 쓰지 않았다.

뒤에서 조용히 따라갔다.

물론 몸집이 크기 때문에 사람들의 관심을 끌었다. 그때는 왕자복이 나타나서 사람들에게 소개시켜주었다.

"이보게들. 인사하게. 이번에 우리 일을 도와주시기로 한 철경 대협이시네."

"우와 되게 크네요."

"오오. 어서 오시오."

"그런데 다른 지역에서 표사 생활을 해봤소?"

철경은 대답하지 않았고, 왕자복이 대신 답했다.

"하하하. 이분은 표사로 온 건 아니고, 낭인으로 들어오신 거야."

"아, 그래요?"

"참, 왕 표두님. 그렇잖아도 물어보려 했는데, 낭인들은 왜 갑자기 고용하신 겁니까?"

"왜기는? 안전을 위해서지."

"하지만 너무 많은 것 같은데요."

"하하. 많으면 좋지 뭘 그래? 이번 표행이 중요하니까, 총표두님께서 특별히 신경 쓰시는 거야. 자네들은 신경 쓰지 말고, 하던 일이나 잘 하면 돼."

그는 사람들을 잘 다독일 줄 알았다.

반면 철경은 이런 분위기에 익숙하지 않았다.

그는 사부와 둘이 살았고, 사부님이 아픈 후에는 모든 일을 혼자서 처리했다. 이렇게 사람들과 같이 있는 것도, 얘기를 나누는 것도 불편했다.

개중에는 선의로 다가오는 사람도 있었지만, 일부러 멀리했다.

그럼 그들은 자연스레 물러났고, 철경은 다시 혼자가 되었다.

'확실히 이게 편해.'

철경은 사람들과 멀어졌고, 점점 뒤로 물러났다.

더구나 표사와 낭인들은 말을 타는데, 철경만 두 발로 걸었다.

탈 수 있는 말이 없어서였다.

왕자복이 나중에 와서 사과도 했었다.

"미안하오. 철경 대협. 마장(馬駔)에게 큰 말을 부탁했는데, 결국 구하지 못했소."

철경은 괜찮다고 말했다.

그에게 있어서 걷는 것도 수련이었다.

그렇게 사흘이 흘렀다.

철경 주변에는 아무도 없었다. 표행의 제일 마지막에 자리를 잡았고, 혼자서 천천히 따라갔다.

처음에 신경 쓰던 사람들도 점차 그를 잊어버렸다. 그렇게 철경은, 있는 듯 없는 듯한 존재가 되었다.

두두두.

다섯째 되던 날이었다.

말 달리는 소리가 들렸고, 철경은 고개를 들었다.

'마적단이 나타난 건가?'

철경은 자신도 모르게 주먹에 힘이 들어갔다.

멀리서 바라보니, 말의 수는 총 스물넷, 복장은 두터운 피풍의를 걸쳤고, 모두 무기를 지니고 있었다.

그중 일류고수는 열 명, 절정으로 짐작되는 고수도 한 명 보였다.

하지만 저들은 마적단이 아니었다. 청해표국의 표사가 섞여 있었다.

잠시 후 확실히 알 수 있었는데, 청해표국에서 고용한 또 다른 낭인들이라 했다.

'아쉽구나.'

왕자복 표두가 철경 옆으로 다가갔다. 그리고 자랑스럽게 물었다.

"저들이 누군지 아시오?"

"……모르오."

사실 궁금하지도 않았다. 하지만 왕자복은 계속 설명했다.

"낭인은 보통 혼자 다니지. 하지만 보기 드물게 낭인들이 집단으로 움직이는 경우가 있소. 혹시 들어본 적 있으시오?"

"……."

"낭인대라고 한다오. 저들은 그중에서도 유명한 혈랑대지."

"……."

"참고로 대주가 내 친구요. 멀리 있다가 내 부탁을 받고 달려오는 길이지. 후후후."

'뭐라고 대답해야 할까? 축하한다고? 아니면 대단하다고? 으음.'

그냥 가만히 있는 게 나을 것 같았다.

잠시 후, 낭인대가 달려오고 왕자복이 마중을 나갔다.

"남관우, 고맙네. 정말 와주었군."

"자네 부탁인데, 당연히 와야지. 잘 지냈나?"

"나야 늘 잘 지내지. 이쪽으로 오게. 총단주님께 인사부터 해야지."

혈랑대의 대주는 남관우란 남자로, 키가 작았다. 그럼에도 굉장히 긴 장도를 매고 있었다.

'특이한 조합이군.'

그 역시 철경을 봤고, 역시 신기해하는 것 같았다.

마침 도방진 총표두가 나타났고, 남관우를 반겼다.

"하하하. 어서 오십시오. 그 유명한 혈랑대를 만나서 영광입니다."

"환대해 주셔서 감사합니다."

혈랑대는 청해, 신강일대에서 세 손가락 안에 드는 이름 있는 낭인대였다.

인원도 많아서 백여 명이 넘지만, 급한 대로 서른 명만 데리고 온 것이다.

그리고 남관우 대주는 낭인세계에서 보기 드문 절정고수였다.

그 후로는 지루한 시간이 이어졌다.

스무날이 넘도록 아무 일도 일어나지 않았고, 표행은 어느덧 합밀을 눈앞에 두고 있었다.

표행 중에는 생각지도 못한 사고가 벌어지게 마련이다.

콰직.

"허억. 조심해!"

"마, 마차가 넘어간다!"

"으아아악."

제일 큰 마차에 가장 무거운 짐을 실었었다.

그 무게만 삼백 관이 넘었고, 말 네 마리가 끌고 있었다.

그런데 바퀴 하나가 금이 가더니, 부서져 버렸다. 다른 바퀴도 무게를 이기지 못했고, 마차가 기우뚱, 옆으로 넘어갔다.

"잡아. 잡아."

"아, 안 됩니다. 너무 무거워요."

근처에 있던 쟁자수 네 명이 달려들었고, 표사 세 명도 붙었다. 하지만 마차는 너무나 무거웠고, 자칫 깔려 죽을 수 있었다.

"안 돼. 잡아야 돼. 안에 도자기도 들어 있다고."

"야. 이러다 다 죽어!"

"위험해! 비켜!"

사방에서도 사람들이 소리쳤다.

누군가는 도우러 달려갔지만, 이미 늦었다.

짐마차는 속절없이 넘어갔다. 마차를 잡던 사람들도 포기하고 전부 피했다.

문제는 제일 안쪽에 있던 쟁자수였다. 그는 다리가 깔려서 피하지 못했다.

"아, 안 돼!"

"으아악."

사람들은 소릴 질렀고, 몇몇은 눈을 감았다. 그런데 이상했다.

비명 소리가 들리지 않았다.

사람들은 하나둘 눈을 떴고, 놀라운 상황을 목격했다.

한 사람이 마차를 붙잡고 있었다.

단지 기울어지는 걸 막는 것이 아니라, 마차의 아래쪽을 잡고, 들어올렸다.

심지어 한 손이었다.

“말도 안 돼.”

“뭘 보고 있어. 빨리 받칠 걸 가져와!”

누군가 소리쳤고, 사람들은 우르르 달려들었다.

커다란 바위를 가져와서 바퀴 대신 받쳤다. 그제야 철경은 들고 있던 수레를 놓았다.

쿵.

하마터면 대형 참사가 벌어질 뻔했었다.

그런데 철경의 도움으로 무사히 넘긴 것이다. 사람들은 그 힘에 감탄했으며, 신기하게 쳐다봤다.

누군가 소리쳤다.

“대단하다!”

그리고 사람들도 거기에 호응했다.

“와아아아.”

“최고다.”

“힘이 말 그대로 장사네. 장사야.”

다같이 손뼉을 치면서 좋아했다.

그때부터 사람들의 반응이 조금씩 달라졌다.

여전히 어려워했지만, 철경을 무서워하진 않았다.

말을 붙이기도 하고, 먹을 것을 가져다주었다. 지나가다가 목례를 하기도 했다.

3장

한 시진 뒤, 왕자복과 남관우가 철경을 찾아왔다.

깔려 죽을 뻔한 쟁자수와 함께였다.

"이 친구가 할 말이 있다했소."

"도와주셔서 감사합니다."

쟁자수는 연신 허리를 조아리며, 고마움을 표했다. 철경도 어쩔 수 없이 고개를 끄덕였다.

잠시 후 그가 돌아가고, 이번에는 남관우가 말을 걸었다.

"자네 혹시 시간 있나? 얘기 좀 할 수 있을까?"

철경은 귀찮은 표정을 지었다. 하지만 그는 신경 쓰지 않고 말을 이었다.

"하하. 자네에게 나쁜 이야기는 아닐 걸세."

"……."

왕자복이 남관우에게 말했다.

"원래 이 분이 입이 무거워. 자네가 이해하게."

"괜찮아. 나는 입이 무거운 사람을 좋아하거든. 아무튼 자네, 보기와 다르게 경공이 대단하더군. 십여 장을 단숨에 달려가다니."

그는 우연찮게 철경이 움직인 걸 봤었다.

일행의 뒤편에 있다가, 한순간에 수레까지 달려갔다.

철탑 같은 몸에 비해 가볍고 빨랐다.

정말 놀라운 정도였다.

또 무거운 수레를 드는 힘도 대단했다. 사람들의 환호성에도 흥분하지 않는 냉정함도 마음에 들었다.

그는 철경을 자신의 낭인대로 들이고 싶어 했다.

"자복에게 들어보니, 자네는 표사가 아니라고 하더군. 마적단에게 복수를 원한다고 하던데, 혹시 복수가 끝나면 어쩔 생각인가? 계획이 없으면, 우리 혈랑대에 들어오지 않겠나?"

"해야 할 일들이 있소."

"아, 그런가?"

남관우는 쉽게 포기하지 않았다. 그러기에는 철경이 너무 아까웠다.

"흠흠. 실례가 안 된다면, 해야 할 일이 뭔지 물어봐도 될까? 내가 아는 사람들이 많아서 도와줄 수 있는……."

"개인적인 일이오."

"그, 그런가?"

이렇게까지 거절하니, 남관우도 한 발짝 물러섰다.

그의 지론은 순리대로 가자는 주의고, 억지로 강요할 생각은 없었다.

"어쩔 수 없군. 혹여나 마음이 바뀌면, 찾아오게."

그런데 가만히 듣고 있던 철경이 처음으로 반응을 보였다.

갑자기 일어섰다.

그리고 동쪽을 바라보았다.

그 모습에 남관우와 왕자복도 쳐다봤고, 고개를 갸웃거렸다.

'아무것도 보이지 않는데.'

왕자복이 물었다.

"왜 그러시오?"

"공기 중에 피 냄새가 섞여 있소."

피 냄새라니?

왕자복은 코를 킁킁거렸지만, 아무것도 맡지 못했다. 남관우도 의아했다.

"나도 잘 모르겠는데. 혹시 모르니, 선발대를 몇 명 보내볼까?"

왕자복도 동의했고, 잠시 후, 선발대가 출발했다.

그리고 반각도 안 되어 한 명이 돌아왔다. 그는 사색이 된 채 소리쳤다.

"시체가 많습니다. 아무래도 가 보셔야 할 것 같습니다."

왕자복은 도방진 표두에게 이 소식을 전했다.

도방진은 빠르게 정리했다.

왕자복을 이곳을 남기고, 남관우와 함께 스무 명을 데리고 앞으로 달려갔다.

곧 선발대가 말한 시체들을 볼 수 있었다. 비릿한 피 냄새도 사방으로 풍겼다.

도방진 총표두는 표사 한 명에게 지시했다.

"너는 본대로 돌아가서 왕 표두에게 전해라. 가는 길을 멈추고, 습격에 대비하라고. 아무래도 마적단이 나타난 것 같다."

"알겠습니다."

도방진과 남관우는 그곳을 계속 살폈다.

점점 그들의 표정이 굳어졌다.

심지어 표사 중 한 명은 말에서 내려 구역질을 하기도 했다.

들판에는 시체들이 즐비했고, 대부분 잔인하게 죽었다.

머리가 잘린 시신, 몽둥이에 맞아 죽인 이도 있었고, 양팔이 찢겨 나간 사람도 있었다.

그 수가 칠십이 넘는데, 한눈에 표사와 쟁자수들임을 알 수 있었다.

부서진 마차와 수레들의 잔재도 보였고, 불에 탄 표국의 깃발도 발견했다.

하지만 말은 한 마리도 보이지 않았다. 그리고 짐수레는 있지만, 정작 짐으로 짐작되는 물건들은 없었다.

마적들이 말과 짐을 가져간 것이다.

"정말 마적단이 나타났군."

도방진 표두는 하늘을 보면서 중얼거렸다. 머리 위에서 독수리와 까마귀가 날아다니고 있었다.

그는 표사와 낭인들에게 흩어져서 주위를 살피라고 지시했다.

그사이 남관우가 도방진 표두에게 다가왔다.

"아무래도 살아 있는 사람은 없는 것 같습니다."

그때 다른 표사가 무언가를 가져왔다. 비교적 멀쩡한 깃발이었는데, '조운 상단'이라고 적혀 있었다.

도방진 표두는 침음을 삼키며 중얼거렸다.

"이 상단은 우리보다 하루 먼저 출발했는데."

남관우가 말했다.

"이들은 안타깝지만, 우리도 빨리 결정을 내려야 합니다."

"무슨 뜻입니까?"

"시체들의 상태를 보니, 반나절 전에 당했습니다. 아직 마적들이 근처에 있을 가능성이 높습니다."

"그렇군요. 무슨 말씀인지 알겠습니다."

마적들이 나타나기 전에 이곳을 벗어나야만 했다. 더구

나 본단에서도 지원이 나온다고 했으니, 합밀 쪽으로만 가만 안심할 수 있었다.

"속도를 높여서, 빨리 지나갑시다."

그때 표사 한 명이 다급하게 소리쳤다.

"초, 총표두님. 저길 보십시오."

도방진의 얼굴이 하얗게 질렸다.

해가 떠오르는 방향에서 모래바람이 일고 있었다.

얼핏 봐도 백여 마리가 넘는 말들이 달려왔고, 기세가 범상치 않았다.

남관우가 소리쳤다.

"빌어먹을. 빨리 돌아갑시다. 이랴."

두두두두.

그들은 서둘러 표물이 있는 곳으로 달렸다.

반면 왕자복 표두도 마적단을 발견했다. 그는 일행들에게 소리쳤다.

"마차들을 외곽에 크게 둘러 세워라. 제일 안쪽에 쟁자수를 두고, 표사와 낭인들은 마차 뒤에 선다. 매 조와 강 조는 검을 꺼내고, 갑 조는 석궁을 준비해라."

그는 경험이 많았고, 표사들도 이런 일에 익숙했다.

하지만 마적단이 가까이 다가올수록 전부 흙빛으로 변했다.

마적의 수가 너무 많았다.

백여 마리의 말은 단지 선두에 보인 숫자였다. 그 뒤로 이백이 넘는 마적들이 달려오고 있었다.

총 삼 백 명이 넘는, 어마어마한 숫자였다.

"으하하하."

"드디어 왔구나. 청해표국."

"으흐흐. 오늘은 운이 좋아. 연속으로 두 탕이나 털 수 있으나."

"우우우우!"

그들은 괴성을 질렀고, 가까이 올수록 땅이 흔들렸다.

'이건…… 못 이긴다.'

표사와 낭인들은 싸우기도 전에 기가 죽었다.

왕자복도 마찬가지였다.

더구나 지금은 남관우와 도방진 총표두도 없는 상황 아닌가?

'아차, 그가 있었지.'

왕자복은 고수라 짐작되는 철경을 찾았다.

직접 싸우는 모습은 보지 못했다. 하지만 분위기나 마차를 들었던 힘을 생각하면, 분명히 강할 것이다.

그런데 웬걸?

그가 보이지 않았다.

'설마 도망친 건 아니지?'

다행히 뒤에서 철경 특유의 굵직한 목소리가 들렸다.

"드디어 나타났군. 살 가치도 없는 쓰레기들."

왕자복은 고개를 돌렸다.

그곳에는 지금까지와는 다른, 새로운 철경이 보였다.

그는 언제나 무뚝뚝하고, 표정 변화가 없었다.

그런데 지금은 달랐다.

살짝 흥분한 듯, 숨소리가 거칠었다. 눈가는 살짝 붉어졌고, 눈동자가 황금빛으로 빛났다.

또한 눈가를 비롯해 목과 어깨, 손등에조차 푸른 핏줄이 솟아올랐다.

마치 실뱀이 기어다니는 것 같았고, 징그러웠다.

겉모습도 문제지만, 풍기는 기운이 너무나 강렬했다. 보고만 있어도 숨이 막힌다.

단순한 기운이 아니라 살기였다. 살기가 너무 짙어 몸이 떨릴 지경이었다.

그 모습에 왕자복을 포함하여, 근처에 있는 사람들은 자신도 모르게 물러섰다.

그리고 철경이 사라졌다.

왕자복은 주위를 둘러봤고, 하늘 위에서 뭔가 반짝이는 걸 발견했다.

철경이었다.

사람이 새처럼 날 수 있다는 사실을 처음 알았다.

그는 태양을 가릴 정도로 높이 뛰었고, 떨어질 때는 태산을 무너뜨릴 듯 무거웠다.

콰아아앙.

마적단의 중심에 떨어졌다.

마치 거대한 화탄이 터지는 것 같았다. 그 충격으로 십여 장이 넘는 구덩이가 생겨났다.

물론 그 안에 있는 마적 수십 명이 죽었다.

압사당한 것이다.

나머지 마적들은 놀라서 좌우로 흩어졌다.

말을 타고 있어 놀라울 정도로 빨랐고, 순식간에 공터가 생겨났다.

그들은 당황했지만, 누군가 소리쳤다.

"저놈은 무시하고, 표국 놈들부터 덮쳐라. 인질로 삼는다."

마적들은 이런 싸움에 익숙했고, 일부러 철경을 피해 표물이 있는 곳으로 달려갔다.

무공이 강해도 고작 한 명이다.

혼자서 설쳐봤자, 말을 탄 마적들을 모두 쫓아올 순 없다고 생각한 것이다.

하지만 철경 역시 마적과의 싸움이 익숙했다.

부우웅. 부웅. 붕.

쇄애애앵.

서걱. 서걱.

철경을 중심으로 거대한 원이 생겨났다. 그리고 원 안에 있는, 모든 것이 잘려져 나갔다.

마적들은 물론, 그들이 들고 있던 무기조차 끊었다.

그 상태로 철경이 움직였다.

그가 만든 죽음의 원은 무서운 속도로 넓어졌고, 그는 말이 달리는 속도보다 빨랐다.

마적들을 따라잡으며, 수십 명씩 잡아먹었다.

부웅. 부웅. 부우웅.

"으아아악."

어마어마한 공격 범위에 마적단의 수가 급격히 줄어들었다.

백여 명이 순식간에 목숨을 잃었다.

정말 압도적인 무력이고, 무서운 절삭력이었다.

이쯤 되자, 마적들은 약탈을 포기했다. 목숨이 우선이었다.

그들은 사방으로 흩어지면서 도망을 택했다. 꽤 많이 죽였지만, 아직 살아남은 자만 백오십이었다.

대부분 말을 타고 있어, 잠깐 사이에 삼십장이나 달아난 자도 있었다.

쫓아가는 건 어려워 보였다.

하지만 철경은 포기하지 않았다. 그는 양손을 뻗으며 달려갔다.

쉬이이익.

쉬익.

두 개의 은색 빛이 날아가, 마적들을 꿰뚫는다.

커흑.

우당탕.

그렇게 두세 명씩 죽이면서, 철경은 시야에서 사라졌다.

표국 사람들은 멍하니, 그 모습을 바라보았다. 잠시 후, 남관우와 도방진 총표두가 돌아왔다.

두 사람 역시 멀리서 철경의 활약을 지켜봤었다. 예상보다 훨씬 강한 무공에 할 말을 잃었다.그리고 주위의 전경은 생각보다 참혹했다.

마치 대지가 붉은 피로 점철된 것 같았다.

"아무리 마적단이지만, 너무하는군."

표사 한 명이 중얼거렸다. 그러자 도방진이 그에게 한마디 했다.

"그가 도와주지 않았다면, 우리가 이렇게 될 수도 있었다."

"아, 죄, 죄송합니다."

남관우도 철경을 두둔했다.

"맞습니다. 철경 대협이 없었으면 우린 죽은 목숨이었을 겁니다."

"그런데 그는 어디까지 갔을까요? 자복, 그가 어디로 갔는지 봤는가?"

왕자복이 말했다.

"저쪽으로 가셨네."

철경이 보인 무위는 초절정 수준이었다.

여기 있는 누구보다 강했고, 자연스레 말투도 달라졌다.

남관우 역시 그의 흔적을 보고 계속해서 감탄했다.

'이 정도 파괴력이면, 나보다도 고수다. 이런 자가 어디서 나타났을까?'

그때였다.

"끌끌끌. 술 한잔하다가 늦게 왔더니, 그새 끝나 버렸네."

낯선 목소리가 들렸다.

사람들은 놀라서 고개를 돌렸고, 처음 보는 노인을 발견했다.

그는 수레에 걸터앉아 있었다. 손에는 커다란 술병을 들고, 계속 마셨다.

노인의 얼굴은 붉었고, 비쩍 마른 몸에 검을 차고 있었다.

특이하게도 검은 옷에 허리띠가 두꺼웠는데, 피처럼 붉은 색이었다.

노인이 남관우에게 물었다.

“혹시 네가 저랬나? 저 마적단 놈들?”

여기서 남관우가 제일 강하다는 걸, 한눈에 알아 본 것이다.

얼굴은 웃고 있지만, 눈빛이 섬뜩했다.

남관우는 금방이라도 베일 것 같은 위화감을 느꼈다.

‘이 노인은, 위험하다.’

그가 대답하기도 전에, 도방진 총표두가 나섰다.

“저희가 한 일은 아닙니다. 어르신, 그런데 괜찮으시면, 존함을 여쭤어봐도 되겠습니까?”

“낄낄낄. 생각할 가치도 없는 옛날 이름이다. 알 것 없어.”

그 순간 남관우는 노인의 정체를 깨달았다.

‘검은 옷에 붉은 허리띠, 내가 왜 몰랐을까?’

남관우는 즉시 앞으로 나섰다. 아주 정중히 포권을 취했다.

“까마득한 후배가 마영검마(魔影劍魔) 화천백 선배님을 뵙습니다.”

노인은 히죽 웃었다.

“식견이 제법이구나. 나를 알아보다니.”

바보같이 웃고 있지만, 남관우는 등에서 땀이 흘러내렸다.

그는 유명했다. 그리고 악인이었다.

과거에 단지 기분 나쁘게 쳐다봤다는 이유로 오백 명을 죽인 적도 있었다.

'제기랄, 화천백이라니.'

남관우는 아찔함을 느꼈다.

과연 마적단 놈들은 무슨 수로 그를 데려왔을까?

마영검마(魔影劍魔) 화천백.

그를 지칭하는 별명은 여럿 있었다.

전대의 거마.

중원의 십대악인.

무림백사 서열 팔십육 위.

극단적 조울증 환자.

한마디로 미친놈이다.

시시각각 기분이 변했다.

기분 좋을 때는 옆에서 욕을 해도 허허 웃었고, 기분 나쁠 때는 쳐다만 봐도 사람을 죽였다.

어찌나 변화무쌍한지, 하루에도 몇 번씩 기분이 바뀌었다.

그래서 죽인 사람만 천여 명이 넘었다.

처음부터 이런 사람은 아니었다.

그는 천강문의 수제자로서 재능이 있었다.

불혹(不惑)이 되기 전에 초절정 고수가 되었고, 한때는 천하제일인의 후보로 거론되기도 했었다.

하지만 지나친 욕심이 화근이었다.

화경의 벽을 넘기 위해 무리하게 연공했고, 결국 주화입마가 찾아온 것이다. 다행히 목숨을 건졌지만, 그 후로 정신이 이상해졌다.

어느 날은 자신의 사매를 욕보이고, 사형제와 사부, 장로들까지 모두 죽였다.

그렇게 그는 십대 악인이 되었다.

그리고 칠 년 전에는 화산파의 제자 스무 명을 죽였다. 화산파는 화가 나서 쫓아다녔고, 결국 청해까지 도망친 것이다.

그 후 무림맹과 화산파는 화천백에 큰 현상금을 걸었다. 그리고 낭인 시장에도 화천백의 용모파기가 돌아다녔었다.

그래서 남관우는 화천백을 알아볼 수 있었다.

'청해에서 만날까 노심초사했는데, 설마 신강에서 만날 줄이야.'

정말로 운이 없었다. 그것 말고는 지금 이 상황을 설명할 수 없었다.

'어떻게 하지?'

다행히 지금 화천백은 기분이 좋은 것 같았다.

남관우는 조심스럽게 물었다.

"혹시 마적단 중에 아는 분이 있으신지요?"

"낄낄. 내가 알 리가 있겠느냐? 저런 쓰레기들은 죽든

말든 상관없다. 아니, 냄새가 지독한 놈들이라 죽는 게 나을 수도 있어."

"맞습니다. 마적 놈들은 씻지 않는 걸로 유명하지요."

남관우는 얼른 맞장구를 쳤고, 화천백은 웃으면서 물었다.

"크큭. 그런데 말이야. 문제는 저놈들이 나에게 돈을 주기로 했거든. 그래서 따라왔는데, 허어. 저렇게 죽어버렸으니, 나는 어떡하나?"

돈이구나.

화천백은 돈을 원하고 있었다.

'아깝지만 목숨을 건질 수 있으면, 돈을 주는 게 낫지.'

상대는 말이 통하지 않는 괴물이었다. 차라리 미친개한테 물린 셈 치고 피하는 게 나았다.

남관우는 공손하게 허리를 숙였다.

"불편을 드려 죄송합니다. 그럼 선배님이 받으시기로 한 돈, 저희가 대신 드려도 되겠습니까?"

"호오. 식견이 높을 뿐 아니라, 똑똑한 친구로군."

"감사드립니다. 금액을 말씀해 주십시오. 최대한 맞추어 보겠습니다."

"흐흐흐. 나는 많이 바라지 않아. 그저 저 마적 놈들이 제안한 금액만큼만 주면 돼."

"그래서 금액이……."

"백만 냥이다."

숨이 턱 막히는 기분이었다.

터무니없이 높은 금액이다.

'하지만 여기 있는 표물을 전부 팔아도 오십만 냥이 안 될 텐데.'

그러니 마적 놈들이 그만한 돈을 줄 리 없다.

그때 화천백의 눈 모양이 둥글게 휘어 있는 것을 보았다. 남관우는 그제야 깨달았다.

'애초에 돈을 받을 생각이 아니었어. 단순히 놀리는 거야.'

게다가 그의 눈가가 은은하게 붉은 색을 띠고 있었다.

화천백에 관한 격언이 떠올렸다.

'화천백의 눈이 붉어지면, 살인이 시작된다.'

다시 화천백과 눈과 마주쳤고, 남관우는 즉시 도를 뽑았다.

차앙.

어느새 화천백의 검이 날아온 것이다.

"우욱."

보기에는 삐쩍 마른 노인인데, 검력은 상상을 초월했다. 남관우도 힘에 자신 있는 편이었으나, 사정없이 뒤로 밀려났다.

게다가 뇌력 때문인지 손끝이 지릿하다.

남관우는 뒤로 물러서면서 소리쳤다.

"조심하시오. 저 괴물은 우릴 전부 죽일 심산입니다."

"흐흐흐. 눈치까지 빠른 놈일세."

말이 끝나기 무섭게 화천백이 움직였다.

쉬이익.

"으아악."

장난같이 휘두른 검에 열 명이 목숨을 잃었다.

지금 이곳에서 그의 검을 막을 수 있는 사람은 없었다.

"대주님!"

하지만 낭인들은 무기를 들고, 남관우 주위로 뭉쳤다. 도방진 역시 표사들에게 소리쳤다.

"지경방진을 펼쳐라!"

고수를 상대하기 위해 준비한 진법이었다.

화천백은 그걸 보면서, 가만히 있었다. 그저 들고 있는 술병을 기울이며, 술만 마실 뿐이다.

검을 어깨에 올린 채, 몸을 흔들면서 중얼거렸다.

"홀홀홀. 참으로 즐겁구나. 오랜만이야. 검에 피를 묻히고, 뼈를 갈라내는 소리가 이렇게 흥겨울 줄이야. 도대체 얼마 만인지, 참을 수가 없구나. 으흐흐흐."

그는 미친 사람처럼 웃었고, 다시 움직였다.

마치 춤을 추는 것 같았다.

그만큼 아름다웠지만, 너무나 잔인했다.

그의 검은 독사의 혓바닥같이 날카로웠고, 귀신같이 빨랐다.

사람들의 피가 분수처럼 피어올랐다.

"으아악."

"내 다리!"

"크악."

다시 서른 명이 죽었고, 아비규환의 사태가 벌어졌다. 그나마 잠시라도 막을 수 있는 사람은 남관우와 도방진뿐이다.

"제기랄."

"시간을 벌어봅시다."

남관우는 도방진과 같이 합을 맞추어 화천백에게 달려들었다.

파아아.

콰앙.

하지만 화천백과의 실력 차이는 장강보다 넓었다.

도방진은 이제 절정에 이르기 직전이었고, 남관우는 절정에서 중급정도였다.

그리고 화천백은 화경을 바라보는 초절정 고수였다.

까강.

파파팟.

화천백이 검을 휘두를 때마다, 두 사람은 놀란 토끼마냥 뛰어다녀야 했다. 그리고 그런 노력에도 불구하고 온몸에 검상이 생기고, 피를 뿌렸다.

스걱. 스걱.

"크윽."

결국 도방진은 허벅지가 길게 잘렸고, 남관우는 어깨를 다쳤다.

싸울 때는 투견이라 불리는 남관우였다.

웬만해서는 끈질기게 물고 늘어지는데, 화천백만큼은 그것조차 힘들었다.

그의 검과 부딪치는 순간, 노란 불꽃이 번쩍이며 짜릿한 기운이 넘어왔고, 몸을 움직일 수 없었다.

'역시 뇌력이 문제야.'

한때 화천백이 사문이었던 천강문은 역사가 깊고, 유명한 곳이었다.

무림에서 보기 드물게 뇌력을 연공하기 때문이다.

뇌력은 익히기 힘들지만, 세상에서 가장 강하고, 까다로운 힘이다.

보통 무기는 쇠로 만들어졌고, 뇌력은 쇠를 건너 갈 수 있었다.

그래서 단순히 검만 부딪치는데도 팔이 저릿하고, 마비가 일어났다.

반격은 생각조차 할 수 없었다.

두 사람이 위험에 빠지자, 주변의 낭인과 표사들이 목숨 걸고 달려들었다.

하지만 피해만 커질 뿐이다.

호랑이에게 덤비는 토끼 떼에 불과했고, 그 호랑이는 살육에 맛을 들인 괴물이었다.

일말의 자비심도 없었다.

"크헉."

"으아악."

'이러다가 정말로 전멸한다.'

남관우가 소리쳤다.

"선배님. 돈을 드리겠습니다. 백만냥을 드릴 테니, 손속을 거두어 주십시오."

말도 안 되는 금액이지만, 일단은 살아야 했다.

하지만 화천백은 흥분해서 정신이 반쯤 나간 상태였다.

"낄낄낄. 돈 따위야 너희들을 다 죽이고 주워가면 되지. 이렇게 향기로운 피 냄새를 어찌 포기할 수 있겠느냐? 너무 좋아 미칠 것 같구나."

화천백은 이미 분위기에 취해 미치광이가 되었다.

피가 사방에 튀어 안개처럼 퍼졌다. 화천백은 그런 피 안개 사이를 돌아다니며 즐기고 있었다.

사람들이 다 죽어야 끝이 날 것 같았다.

그런데 거짓말 같은 일이 벌어졌다.

갑자기 화천백이 검을 멈춘 것이다.

갑작스러운 변화에 모두 그를 봤고, 그의 시선을 따라

고개를 돌렸다.

화천백은 한 사람을 보고 있었다.

이쪽으로 걸어오는 한 사람.

바로 철경이었다.

그가 십여 장 앞까지 다가오자, 화천백이 물었다.

"너지? 마적단을 죽인 놈이."

"……."

"흐흐흐. 너는 제법 손맛이 있겠구나."

철경은 대꾸하지 않았다.

그저 양손에 있는 검을 날렸다.

티딩.

화천백은 비검을 가볍게 쳐냈다.

"흐흐흐. 이런 거 말고. 제대로 덤벼봐."

철경은 비검 하나를 역순으로 쥐었다. 그리고 주먹을 꽉 움켜쥐고, 강한 살기를 피워냈다.

그리고 화천백에게 달려들었다.

콰콰쾅.

검과 검이 부딪쳤다.

동시에 폭풍우가 일어났다.

강한 기파로 사람들이 날아가고, 모래바람이 생겼다가 사라지길 반복했다.

그래서 눈을 뜨기 힘들었다.

오직 남관우와 도방진만 두 사람의 혈투를 지켜볼 수 있었다.

화천백의 무공은 명불허전이었다.

본인의 성명절기인 천뢰마검(天雷魔劍)을 처음부터 펼쳤는데, 번쩍거리는 검에 뇌력의 기운이 담겨 있었다.

성격은 지랄 같아도 그의 실력만큼은 진짜였다.

현 무림에서 우내십구존을 제외하고, 그의 일격을 무시할 사람이 있을까?

그런데 놀라운 건, 그의 검을 젊은 무인이 받아낸다는 사실이다.

'강한 건 알고 있지만, 이 정도일 줄이야.'

놀란 건 화천백도 마찬가지였다.

마적단을 죽일 때, 실력을 봤었다. 하지만 그래 봤자, 이제 막 초절정에 오른 햇병아리였다.

나이에 비해 뛰어날 뿐이지, 자신에 비해서는 한참이나 부족했다.

그런데 막상 싸워보니 이 녀석은 뭔가 달랐다.

몸이 단단했고, 이상하게 자신의 검을 잘 피했다.

"이놈!"

뇌력을 잔뜩 머금은 검을 아래로 떨어뜨렸다.

뇌력은 빠름이고, 강함이다.

그냥 휘두를 때보다 배는 빠르고, 살짝만 부딪쳐도 뇌력이 몸으로 흘러들어갔다.

그래서 충격은 몇 배가 되고, 나중에는 검을 들지도 못하게 되는 것이 일반적이었다.

그런데 놀랍게도 철경에게는 통하지 않았다.

아니, 처음에는 통하나 싶었는데, 점점 가면 갈수록 뇌력이 통하지 않았다.

왠지 뇌력에 익숙해진다는 느낌을 받았다.

게다가 몸뚱이가 얼마나 단단한지 피육이 잘 안잘린다. 표피만 살짝 벨 뿐이다.

그래서 화천백은 화가 났다.

점점 열을 받으며, 무공을 쏟아냈다.

"오냐. 이것도 견디나 보자. 뇌전상인!!"

그가 전력을 다하기 시작하자, 여기저기서 불꽃이 튀었다.

특히 후삼식이 펼쳐지고, 낙뢰가 떨어지듯 철경의 몸에 쏟아졌다.

물론 철경도 가만 있지 않았다.

생어토결 금강철인.

진천문의 독문무공으로 몸을 금강석같이 만든다.

대성 시에는 내공을 사용하지 않아도 단단함이 유지되고, 또 검강까지도 막을 수 있다고 전해졌다.

하지만 안타깝게도 현재 금강인의 마지막 요결이 사라진 상태였다.

때문에 철경도 마지막 단계를 넘지 못했다.

콰르르르.

덕분에 화천백의 뇌전이 쏟아질 때마다, 온몸에 마비가 오고 화상을 입었다.

자칫 심장이 정지되거나, 뇌가 타버릴 수 있는 상황이었다.

그리고 검술, 경험, 내공 모든 것이 화천백에게 밀렸다.

오직 하나, 철경이 버틸 수 있는 이유는 금륜안 덕분이다.

먼저 광시로 주위의 지형을 면밀히 분석한다.

바닥에 굴러다니는 돌멩이부터 흩날리는 모래까지 어느 하나 놓치지 않았다. 단 한 번이라도 실수하면 죽음으로 이어지기 때문이다.

바람의 방향까지 생각하면서 몸을 움직였고, 화천백이 눈을 깜박이는 걸 보면서 사각으로 파고들었다.

투시 또한 최대한 끌어올렸다. 지금은 부작용 따위를 걱정할 때가 아니었다.

처음에는 화천백의 검술을 파악했다. 그러면서 뇌기가 쏟아지는 방향을 읽었다. 그리고 점차 그가 내공을 운영하는 방식이나 기(氣)를 움직이는 혈도와 순서까지 읽어냈다.

실시간으로 화천백의 무공을 간파하고, 익히고 있었다.

뇌력을 이겨내기 위해, 동시에 자신의 몸에 적용시켰다.

그의 무공을 따라하고, 뇌력에 적응할수록 더욱 잘 버틸 수 있었다.

상대방의 무공을 복사할 수 있는 능력.

오직 금륜안을 가진 자만 사용할 수 있는 진천문의 비기,

등사(謄寫)라는 무공이다.

쉽게 말해 지금 철경은 화천백의 무공을 뺏어가고 있었다.

파파팟.

콰르르르.

벌써 백 초를 넘겼다.

이는 화천백은 물론, 다른 사람들도 놀라게 만들었다.

둘의 나이 차이는 반백 년이 넘고, 무림에서 활동한 이력은 사십 년이란 간극이 있었다.

그런데도 철경은 혼자서 싸우고 있었다.

비록 눈에 띌 정도로 숨이 거칠고, 화천백의 뇌력 때문에 옷과 머리카락은 다 탔으며, 온몸에 검상을 입었지만 쓰러지지 않았다.

그리고 한 번씩 날카로운 반격까지 하면서, 화천백을 섬뜩하게 만들었다.

이쯤 되자, 불안한 건 화천백이었다.

그렇잖아도 주화입마에 빠진 이후, 정신이 불안했다. 상황이 예상과는 다르게 흘러가자, 극도로 예민해졌다.

"야이, 새끼야. 왜 쓰러지지 않아?"

"……."

"대답 안 해? 빨리 대답해!"

"……."

"어서 말하라고! 이 새끼야. 넌 뭐하는 놈이야!!"

철경은 묵묵부답(默默不答)으로 대응했고, 그럴수록 화천백은 지랄발광을 했다.

선천지기까지 사용하여 천뇌전공을 십 할 이상으로 끌어올렸다.

뇌력은 무지막지하게 커졌다.

반대로 검술은 형편없이 흐트러졌다. 너무 큰 힘이 검술을 망가뜨린 셈이다.

피하기가 더 쉬워졌다.

게다가 철경은 금륜안으로 상대의 검술까지 복사한 상태였다.

시간이 짧아 완벽하진 않지만, 몇몇 초식은 완벽하게 따라 할 정도까지 되었다.

그것을 보여주자, 화천백은 광분했다.

"이 개자식아. 너 누구야! 어떻게 천뢰마검을 알고 있어? 누구야? 누가 가르친 거야? 설마 우리 사부가 보낸 자객이냐!"

화천백은 과거에 본인이 직접 사부를 죽였다. 목을 자르고, 땅에 묻기까지 했었다.

그런데도 지금 철경의 모습을 보고, 사부가 살아 있을지도 모른다고 생각했다. 모든 것이 의심스러웠다.

'나와 같은 무공을 사용하고 있다. 분명 사부는 아직 살아 있는 거야. 저놈을 가르치고, 나를 죽이려고 보낸 거야.'

그 정도로 정신이 무너졌고, 그럴수록 검의 끝은 흔들렸다.

그리고 철경의 눈빛은 갈수록 또렷해졌다.

똑같은 초식이 반복되면서, 다음에 어떤 초식이 이어질지 알 것 같았다.

천뢰마검 오초식 천해벽벽.

이름은 모르지만, 사방에서 쏟아지는 뇌전의 칼날 속에서 마지막은 오른쪽 어깨 상단으로 날아드는 초식이었다.

칼날 하나하나가 뇌전과 검기를 품고 있어 상당히 위험했다. 하지만 철경은 망설임 없이 뛰어들었다.

파파팟.

푸욱. 푹.

순식간에 수십 개의 검상이 생겨났다. 특히 팔다리 쪽은 여기저기 뚫리면서 피가 뿜어져 나올 정도였다.

하지만 그 와중에도 안쪽까지 파고들었다. 그리고 단 하나의 공격을 성공시켰다.

화천백의 눈을 찔렀다.

"으아아악!"

화천백은 끔찍한 고통을 느끼며 비명을 질렀다. 동시에 사방으로 천뇌전공을 뿌려댔다.

콰르르르.

콰쾅. 쾅. 쾅.

마치 뇌신이 분노하여 번개가 내리치는 것 같았다.

반경 십여 장이 새까맣게 타면서, 주변 일대가 죽어버렸다.

끔찍한 위력이었다.

하지만, 그래도 철경은 쓰러지지 않았다.

옷은 다 타버리고, 일부는 녹아내려 피부에 들러붙었다. 입에서는 연기가 나오고, 머리카락은 튀겨진 듯 뒤집어졌지만 오롯이 서 있었다.

그리고 눈빛이 살아 있다.

피부가 따끔거릴 정도로 강렬했고, 금빛으로 번쩍였다.

이어서 놀라운 일이 벌어졌다.

철경의 몸에 뇌력이 흘러나오면서, 내공은 믿을 수 없을 정도로 충만한 상태가 되었다.

화천백의 천뇌전공을 흡수한 것이다.

벼락치기 하듯 배웠다. 때문에 몸 안에 뇌력이 일성도 되지 않았는데, 지금은 순식간에 사 성을 넘어섰다.

같은 천뇌전공을 익혔기에 가능한 일이었다.

게다가 천강문의 천뇌전공은 무림에서 손꼽히는 심법.

만뇌자가 지은 천하무공서록에 따르면, 뇌력을 사용하는 무공 중 세 손가락 안에 들 정도로 뛰어났다.

단 하나의 단점이 수련하기 매우 어렵다는 것인데, 의도하지 않게 단숨에 사 성까지 익혀버린 것이다.

"쿨럭. 쿨럭쿨럭."

반면 화천백은 마른기침을 하면서 가슴을 부여잡았다.

뒤는 생각지 않고, 본인의 선천진기까지 끌어낸 탓이다.

지금 상태는 마치 다 타버린 양초와 비슷했다. 언제 불이 꺼질지 모르는 상황이었다.

철경이 다가갔다.

쿠웅. 쿵.

몸속은 뇌기로 가득 찼고, 걸을 때마다 불꽃이 튀었다.

생어토결로 다스리려 하지만 쉽지 않았다. 뇌기는 포화를 넘어서 터질 것 같았고, 온몸이 부풀어 오른 상태였다. 중요한 건 성질이 달랐다.

정신이 아득해진다.

그 상황에 생각이 번뜩였고, 진천무경을 외웠다. 천뇌전공을 뇌기의 자리로 이끌었다.

그랬더니, 버틸 만했다.

온몸이 부서질 듯 아프고, 몸이 천근만근 무겁지만, 죽지는 않았다.

그래서 멈추지 않았다.

덕분에 천뇌전공은 철경의 몸속에서 자리에 잡았다.

처음에 저항이 격렬했지만, 한 번 자리를 잡자 빠르게 안정되었다.

그렇게 철경은 화천백 앞에 섰다.

"허억."

화천백은 뒤로 주저앉았다.

'저놈은 망령이다. 무슨 일이 있어도 쓰러지지 않고, 어떤 짓을 해도 멈추지 않는 망령.'

무서웠다.

자신이 저질렀던 악행들이 머릿속에 맴돌면서 철경이 저승사자처럼 보였다.

자신이 죽인 사부, 거짓말로 이간질시켰던 사숙들, 질투심에 팔다리를 잘라 버린 사형과 욕보이고 죽인 사매가 떠올랐다.

그들이 철경 주변에 보였다. 자신이 멸문시킨 천강문의 망령들이 철경으로 분해 앞에 서 있는 것 같았다.

"오, 오지 마. 오지 마. 이것들아! 으아아악."

화천백은 뒤로 돌아서 엉금엉금 기어갔다.

도망치려 했지만, 철경은 가만두지 않았다. 화천백의 머리카락을 붙잡았다.

꽈악.

머리를 다 덮을 만큼 큰손이다. 그는 손에 힘을 주었고, 힘껏 잡아당겼다.

콰직.

우두두둑.

화천백의 목이 뒤로 꺾였다. 그러더니 머리가 몸통에서 완전히 분리되었다.

피가 분수처럼 솟아올랐고, 목이 없는 시체는 바닥에 쓰러졌다.

그가 화천백을 이긴 것이다.

"후우우우."

철경은 심호흡을 하면서 내기를 다스렸다.

회복력에는 자신 있지만, 이번에는 쉽지 않았다. 생각보다 심한 상태였다.

그럴 만도 한 것이 난생 처음 만난 강자였다.

누군지 모르지만, 하마터면 진짜 죽을 뻔했다.

그는 완벽하지는 않지만 검강도 사용했었고, 금강인이 우습게 뚫리는 걸 확인했다.

만약 금륜안이 아니었다면…….

그리고 상대가 조금만 더 냉철했다면, 팔다리 중 하나는 내어줬을 것이다.

'아직은, 부족하다.'

복수는 멈추지 않을 것이다.

하지만 앞으로 초절정 고수와 싸울 기회가 많을 거고, 무공을 키울 필요성을 느꼈다.

"철경 대협, 괜찮으십니까?"

남관우가 달려왔다.

그는 걱정스럽게 바라봤고, 철경은 아직 자신의 몸에서 피가 흐르는 걸 깨달았다.

'금강철인, 봉인.'

쫘악.

근육을 순간 조이고 압박하면서 상처를 봉합하는 체술이다. 검상에 매우 효과적인 치료법이고, 실제로 피가 멈추었다.

남관우는 신기한 듯 바라보았다.

"정말 여러 가지 의미에서 대단하군요."

그리고 바닥에 널브러진 화천백의 시신을 보다가 물었다.

"흠흠. 그런데 화천백의 시신은 어떻게 하실 생각입니까?"

화천백의 시체?

그걸 왜 묻는 거지?

남관우는 철경의 표정을 보더니, 웃으며 설명했다.

"하하. 역시 모르고 계셨군요. 화천백은 무림십대악인으로 현상금이 걸려 있습니다. 굉장히 큰 금액이지요. 무림맹과 화산파의 현상금, 그 외 다른 현상금까지 합하면, 백만 냥은 넘을 겁니다."

백만 냥이면 굉장한 액수였다.

한 마을을 살 수도 있었다.

철경은 복수를 위해서는 돈이 필요했다. 그렇기에 관심이 생겼다.

"물론 철 대협이 직접 중원의 무림맹과 화산파를 찾아가서 현상금을 받아도 됩니다. 하지만 그들은 증거를 요구할 테고, 중원에 도착할 즘에는 화천백의 시신은 다 썩어 없어질 테죠."

"……."

"무엇보다 귀찮지 않습니까? 앞으로 하실 일이 있다고 들었는데, 시간을 낭비할 수 없죠. 제가 대신 그 일을 처리해 드리겠습니다."

"공짜는 아닌 것 같은데."

"맞습니다. 하지만 싸게 해드리겠습니다. 본래 삼 할 정도는 받는데, 이번에는 받으실 현상금의 일 할만 주십시오. 그럼 저희가 깔끔하게 처리하고, 스무날 안에 돈을 받으실 수 있게 해드리겠습니다."

나쁘지 않은 제안이었다.

왕자복도 어느새 다가와서 한마디 했다.

"돈 떼일 염려는 안 하셔도 됩니다. 내 친구라서가 아니라, 혈랑대 남관우라면 약속 잘 지키기로 유명하니까요."

"하하. 저와 저희 혈랑대의 명예를 걸고 약속하겠습니다."

남관우는 큰소리쳤고, 지금까지 본 바로는 믿을 수 있는 사람 같긴 했다.

철경은 곧바로 대답했다.

"좋소. 대신 한 가지만 부탁합시다."

"무엇이든 말하십시오. 철경 대협."

때마침 도방진 표두도 다가왔고, 철경은 세 사람에게 말했다.

"오늘 여기 있는 사람들에게 전해주시오. 오늘 내가 화천백과 싸운 일은 잊어달라고."

눈치 빠른 남관우가 대답했다.

"그러니까 오늘 화천백이 여기에 나타나고, 철 대협이 화천백을 이긴 사실을 비밀로 해달라는 건가요?"

"그렇소."

"알겠습니다. 저는 오늘 화천백을 보지 못했고, 앞으로

도 볼일이 없을 겁니다."

왕자복도 간단히 고개를 끄덕였다. 하지만 도방진 표두는 곤란해 보였다.

"하지만…… 오늘 죽은 사람이 많기 때문에, 저는 청해표국 본단에 보고를 해야 합니다. 그래서 비밀로 하기가……."

그러자 남관우가 해결책을 제시했다.

"오늘 죽은 표사들은 마적단 삼백 명과 싸워서 죽었다고 보고하시면 되지요. 실제로 마적단들의 시체도 있고, 철경 대협이 없었다면, 그만큼의 피해가 있었을 겁니다."

"으음."

"그리고 이건 제 생각이지만, 만약 화천백이 나타났다고 말하면, 의심만 살 겁니다. 솔직히 총표두님이라면 믿으시겠습니까? 젊은 무인이 혼자서 화천백을 죽였다고?"

그러자 도방진 표두도 고개를 끄덕였다.

"일리가 있군요. 나도 내 눈으로 보지 않았다면, 믿지 않았을 겁니다. 알겠습니다. 그렇게 보고하겠습니다."

"하지만 철경 대협도 아셔야 합니다. 모든 사람들의 입을 영원히 막을 순 없을 겁니다. 오늘 일을 본 사람들이 너무 많거든요."

남관우는 표사와 쟁자수, 낭인들을 가리켰다.

이곳에 살아남은 사람이 오십 명이 넘는다.

그들에게 명령을 해도 평생 입을 막기는 불가능할 것이다.

"또 무림맹이나 화산파도 속이는 것도 쉽지 않을 겁니다. 제가 화천백의 시체를 보여주면, 자체적으로 조사를 할 테니까요. 언젠가는 철경 대협의 존재가 드러날 겁니다."

"알고 있소. 약간의 시간만 벌면 충분하오."

철경 역시 알고 있었다.

영원한 비밀은 없다는 걸, 다만 복수를 위해 준비할 시간이 필요했다.

그 정도의 시간만 벌면 충분했다.

철경은 주위를 둘러봤다.

사람들이 힐끔거리며 자신을 쳐다보고 있었다. 그러다 눈이 마주치면 급하게 고개를 돌렸다.

대부분 목숨을 구해줘서 고맙지만, 두려워하는 것 같았다.

철경은 이런 상황이 익숙했다.

사람들은 언제나 철경을 무서워했으니까.

'그래. 같이 갈 이유가 없지.'

마적단에 대한 복수는 끝났다. 철경은 표행에서 떠나기로 마음먹었다.

일단 조용한 곳으로 갔다.

주위에 아무도 없는 것을 확인했다.

대신 붉게 물든 대지만 눈에 들어왔다. 수백 명의 시신들이 피범벅이 되어 깔려있기 때문이다.

불쌍하거나, 미안한 감정은 없었다.

그저 해야 할 일을 끝낸 기분이었다.

하나 아쉬운 건 있었다.

마적단에게 죽은 숙부와 형, 누나의 모습이 떠오르지 않는다. 얼굴은 생각나는데, 그들이 어떤 식으로 말을 했는지, 어떤 행동을 했고, 어떻게 웃었는지 모르겠다.

한 번이라도 만나면 생각날 것 같은데.

'됐어. 다음으로 넘어가야지.'

철경은 조용한 곳에서 사부님이 남기신 푸른 전낭을 꺼냈다.

첫 번째 복수가 끝났으니, 사부님의 유언을 살펴볼 차례였다.

세 개의 푸른 전낭.

그중에서 일(一)이라 적힌 전낭을 먼저 열었다.

서신이 들어 있었고, 유려한 필체를 볼 수 있었다.

사부님의 글씨였다.

[이 녀석아, 내가 밉지?]

첫 마디부터 사부님의 말투가 느껴졌다.

[미울 거다. 마적단 놈들이 바로 눈앞에 있는데, 복수도 못 하게 막았으니. 또 늙다리 스승은 죽지도 않고 버텼잖아. 흘흘흘. 짜증 났을 거야.]

아니요. 사부님이 있어 제가 살 수 있었습니다.

사부님은 언제나 유쾌한 분이셨다. 그래서 마지막에도 웃으면서 눈을 감으셨다.

[하지만 이 녀석아. 그렇게 긴 세월이 흘렀는데도, 네 분노는 식을 줄 몰랐다. 그래서 걱정되었다. 네놈의 그 흉측한 살기(殺氣) 때문에 다른 사람들의 코까지 썩을까 봐. 네놈을 조금이나마 바꿔보려 했지만, 끝내는 실패했구나.]

조금은 죄스러웠다.

사부님은 항상 말씀하셨다.

가장 훌륭한 복수는 과거를 잊어버리는 거라고, 행복하게 사는 거라고. 내 마음을 돌리려 애를 쓰셨다.

하지만 이 부분은 나도 어쩔 수 없었다. 복수는 나의 권리이자 의무였고, 삶의 원동력이다.

사부님의 뜻을 알면서도, 절대 따를 수 없는 부분이었다.

[그래. 이것 또한 운명이겠지. 우연히 너를 받아들였는데,

하필이면 우리 문파의 숙원인 금륜안을 발견한 것처럼…….
오냐. 좋다. 복수를 해라.

단, 누가 봐도 멋지다는 말이 나올 정도로 훌륭하게 복수를 해. 나도 하늘에서 응원하겠다.

그리고 그 복수를 위해 세 가지 전낭을 준비했다.]

사부님은 마지막까지 나를 지지해주시는구나.

감사합니다.

[알겠지만, 네 원수인 모용세가와 구도상단은 대단히 큰 세력들이다. 오랜 세월 한자리에 머무르며, 많은 사람들과 이해관계가 얽혀 있지. 한마디로 우방 세력이 많단 소리야. 지금 네 무공으로는 어림도 없다.]

무공이 약하더라도, 복수할 방법은 얼마든지 있었다.

우물에 독을 풀어도 되고, 분란을 조장하고, 그들의 적을 이용하면 된다.

십 년, 이십 년…….

시간이 얼마나 걸리든 자신 있었다.

[너는 내가 아는 사람들 중에서 가장 독한 놈이다.

분명 무슨 수를 써서라도 복수를 할 거야. 하지만 멋이 없지 않느냐? 그들의 죄를 알고 뉘우치게 만들고, 죗값을 치르게 해야지. 그리고 항상 나쁜 생각을 가진 윗대가리들이 문제다. 나는 네가 그런 나쁜 놈만 죽이길 바란다. 그래야 너의 죗값이 조금이나마 줄어들 테니까.]

"노력은……, 하겠습니다."

[그렇게 하기 위해서는 우선 문파의 무공을 완성해라. 필수조건이야. 물론 지금까지 두 사람을 제외하고 아무도 성공하지 못했지만, 너라면 할 수 있다. 이유는 말 안 해도 알겠지?]

금륜안 때문이다.

하지만 문제가 있다. 현재 문파에 남아 있는 진천무경은 완전하지 않았다.

그리고 서신에는 그 이유와 해결책이 적혀 있었다.

[……예전에 말한 적 있지만, 나의 사부님, 그러니까 너에게는 태사부가 되겠지. 홍소운 사부님은 진천문 십칠 대 장문인으로서 하늘이 내린 천무지체였다. 천재 중에 천재였지.

심지어 금륜안이 없어도 문파의 모든 무공을 익혔고, 자신만의 방식으로 변형하고 개척했어.

아마 우리 문파의 무공을 두 단계 정도 상향시켰을 거야. 대단한 양반이지.

하지만……, 끌끌끌. 몇 번 말했지만, 성격은 지랄 같았어.]

들은 적이 있었다.

다혈질인 데다, 다른 사람 입장을 전혀 이해하지 못한다고.

아니, 이해하지 못한 것이 아니라, 안 한다고 했던가?

[아무튼 나를 포함해 다섯 명의 제자가 있었다. 수련하는 중에 두 명이 죽었고, 두 명은 쫓겨났다.

결국 내가 살아남았기에, 내가 장문인이 된 거야.

물론 사부는 나에게 만족하지 않으셨고, 새로운 제자를 찾겠다고 떠났다. 그리고 돌아오지 않으셨지.

그게 사부를 본 마지막이었어.]

중요한 건 떠나기 전에 진천문의 무공을 다 가르쳐 주지 않았다는 점이다.

사부님은 무공을 끝까지 배우지 못했고, 그래서 진천문의 무공이 불완전했다.

'결국 태사부가 문제였군.'

[처음에는 신경 쓰지 않았다. 부족하면 부족한대로 살면 되니까. 하지만 네가 금륜안을 가진 걸 보고, 욕심이 생겼다. 너를 위해서 무공을 완성하고 싶었지.

그래서 사부님을 찾아다녔다. 십 년간 찾아다녔고, 결국 실패했다.

그러니 그냥 잊어버려라.

대신 다른 방법을 알려주마.

너의 사백과 사숙을 찾아가라.

그들은 쫓겨났지만, 그전까지 금강인과 금강우내권. 그리고 천을미로와 진천퇴를 대성한 인물들이다.

그들이 도와준다면, 소실된 무공을 일부 살릴 수 있을 거야.]

사부의 뜻을 알 것 같았다.

진천문에서 쫓겨난 사백과 사숙을 찾아서 그들이 알고 있는 무공을 배우란 의미였다.

문득 과거의 일이 떠올랐다.

사부님이 술을 드시고, 한탄하신 적이 있었다.

'뜻을 모아 문파의 무공을 재건하려 했건만, 두 사람의 원망은 태산처럼 높구나. 얼토당토않은 큰돈은 무엇이며, 태천문은 웬 말인가.'

사부님은 그들을 찾아갔지만, 그들은 사부님의 부탁을

들어주지 않았었다.

좋다.

어차피 사부님이 남기신 전낭을 해결하기로 마음먹었으니, 빨리 끝내면 그만이다.

그래야 남은 복수를 할 수 있을 테니까.

다행히 서신 뒤쪽에는 사백, 사숙이 어디 있는지 장소가 적혀 있었다.

오 년 전 기록이라 마음에 걸리지만, 크게 다르지 않길 바라야지.

'한 명은 청해, 한 명은 서장이라.'

두 번째 복수가 청해와 관련 있었다. 때문에 서장으로 먼저 가기로 마음먹었다.

그리고 마지막에는 사부님의 추신이 적혀 있었다.

[제자야. 명심하거라. 네가 어떠한 괴물을 상대해도, 너는 괴물이 되어서는 안 된다. 항상 좋은 사람도 있다는 걸 명심하고, 네가 돌아갈 곳을 만들어놓아라.]

철경은 사부님의 서신을 곱게 접어서 전낭 안으로 넣었다.

'죄송합니다. 사부님. 아무래도, 저는 벌써 괴물이 된 것 같습니다.'

다시 한번 용서를 구하고, 고개를 들었다.

이제 움직여야 할 때다.

그는 남관우를 찾아갔다.

곧바로 떠나고 싶지만, 확인할 것이 있었다.

사람들은 시체를 정리하고 있었다.

마침 남관우가 보이기에 그에게 전음을 보냈다.

[남관우 대주. 화천백 시체를 처리해주시오. 일 할을 주겠소.]

[잘 생각하셨습니다.]

[현상금을 받으면, 청해의 격이목(格爾木)으로 오시오. 그곳에서 만나고 싶소.]

[격이목이라면 저도 알고 있습니다. 알겠습니다. 현상금을 준비해서 격이목으로 달려가겠습니다. 넉넉잡아 스무날 정도 예상하시면 될 겁니다.]

[내가 조금 늦을 수 있소.]

[그럼 격이목의 낭인 객잔에서 기다리죠. 그쪽으로 오십시오.]

그리고 한 가지가 더 있었다.

[서신이 있는데, 무영문 신강 지부의 배민환 지부장에게 보내주시오. 근처 무영문 지부를 이용하면 연결될 거요.]

[알겠습니다.]

그에게 미리 준비한 서신을 전했다.

거기에는 이곳의 마적단 시체들을 조사해 달라는 내용

이 담겨 있었다.

시체가 너무 많아서 흑수단의 열명을 확인하는 작업은 쉽지 않을 것이다. 그래도 꼭 해달라고 적혀 있었다.

철경은 곧바로 이곳을 떠났다.

표국 사람들에게는 따로 말하지 않았다.

미련도 없었다.

철경은 오직 다음 목적지, 서장의 약강만 생각하고 있었다.

약강(若羌).

청해와 서장 국경 근처에 있는 작은 마을이었다.

객잔이 하나 있었고, 다른 곳과 비슷했다.

일 층에서는 밥과 술을 팔고, 이 층은 방을 대여했다.

손님은 제법 많았다.

중원인이나 몽골인, 서역인도 있었고, 남녀노소 구성원도 다양했다.

또 저녁 시간이라 그런지, 상당히 시끄러웠다.

웅성웅성.

그런 곳에 철경이 발을 디뎠다.

휘이잉.

찬 바람이 부는 분위기다.

사람들이 입을 다물고, 철경을 바라보았다. 들고 있던 젓가락을 떨어뜨리는 이도 있었고, 음식을 들고 다니던 점소이도 걸음을 멈추었다.

상당히 시끄럽던 객잔이, 한순간에 조용해졌다.

그가 다가갈수록 사람들의 반응은 비슷했다.

처음에는 놀라고, 가까울수록 시선을 피했다.

기분이 좋지 않지만, 그렇다고 나쁠 것도 없었다. 신경 쓰지 않는다는 게 정확한 표현일 것이다.

그는 멍하게 있는 점소이에게 물었다.

"빈자리 있나?"

"그, 그럼요. 있습니다. 저쪽으로 모시겠습니다."

점소이는 떨면서도 자신의 본분을 다했다.

구석진 곳에 자리를 만들고 주문을 받았다. 철경은 있는 듯 없는 듯 조용히 있었고, 객잔 안은 다시 시끄러워졌다.

처음에 철경을 보고 속닥이던 사람들도 곧 그를 잊어버렸다.

잠시 후, 점소이가 음식을 가지고 왔다.

그때 슬며시 물었다.

"이 마을에 부다 마가르라는 사람이 살고 있나?"

"네에?"

반응을 보니 모르는 것 같았다.

"부다 마가르란 사람을 찾고 있다. 이 마을에서 누굴 찾아가면 찾을 수 있을까?"

그러면서 동전 하나 내밀었다.

점소이는 욕심은 많았다. 무서워하면서도 재빠르게 대답했다.

"저희 마을에서 사람을 찾으시려면, 촌장님을 찾아가시면 됩니다. 아, 그리고 촌장님 집은 여기서 북동쪽 쪽 끝에 있습니다."

그리고 철경 손바닥에 있는 동전을 가져갔다.

철경은 대충 밥을 먹고 일어섰다.

신강에서 이곳까지 오는데, 칠 일이나 걸렸다.

더 이상 시간을 낭비하기 싫었다.

그런데 객잔을 나서자마자, 누군가 따라왔다.

"시, 실례합니다."

숙수 차림의 젊은 남자였다.

그런데 어디서 맞았는지 얼굴에 멍 자국이 남아 있었다.

그는 겁먹은 얼굴로, 조심스럽게 물었다.

"저어, 점소이한테 들었는데, 부다 마가르를 찾으신다고요?"

철경이 고개를 끄덕였다.

"제, 제가 그분이 어디 있는지 알고 있습니다. 며칠 전에 봤을 때, 몸 상태가 안 좋긴 했는데, 아직까지 살아 있을 겁니다.”

“어디에 있지?”

“저어…… 그전에…….”

머뭇거리는 모양새가 바라는 것이 있는 것 같았다.

철경은 품속에서 돈주머니를 꺼냈다. 그런데 그는 손을 흔들며 거절했다.

“아닙니다. 돈은 필요 없습니다. 물론 필요하긴 한데, 지금 제가 바라는 것은 돈이 아닙니다.”

“빨리 말했으면 좋겠군.”

“아, 네에. 그러니까 제 친구를 구해주십시오.”

“자세히.”

“네네. 사실, 어제 구로카 놈들이 제 친구를 잡아갔습니다. 돈을 안 갚았다고요. 하지만 진짜 억울한 게, 그 친구가 빌린 돈은 은 한 냥이었거든요. 그런데 한 달 사이에 이자가 원금의 세 배로 늘어났답니다. 은 석 냥을 달라면서 막 때리고…….”

자신도 친구를 도와주다가 맞았다고 한다.

그러니까 친구를 구해주면, 마가르 사백이 있는 위치를 알려주겠다는 뜻이었다.

“나에게 부탁하는 이유는?”

“강해 보여서…….”

잠깐 생각한 철경은 그의 거래를 받아들였다.

"친구 이름은?"

"자무르입니다."

"좋아. 친구를 구해주지. 구로카는 어디에 있지?"

"저, 저쪽입니다. 제가 안내하겠습니다."

남자는 본인이 앞장섰다.

구로카는 악덕 사채업자였다.

처음에는 마을 사람들에게 돈을 싸게 빌려주었다. 그런데 갑자기 이자를 비싸게 바꾸고, 못 갚으면 때리고 괴롭혔다.

숙수는 그들의 악행을 고발하면서 도와달라고 부탁했다.

하지만 철경은 정의 구현이니, 협의 같은 것에는 관심 없었다.

약속대로 사내의 친구만 구할 생각이었다.

구로카의 위치는 객잔에서 멀지 않았다.

금방 도착했다.

그리고 입구에 버젓이 '구로카'라는 간판도 걸려 있었다.

대문은 활짝 열려 있었고, 서른 명의 사내들이 술을 마시고 있었다.

웃고 떠들고, 도박하는 모습이 파락호나 다름없었다.

같이 온 숙수는 보이지 않았다. 아마도 겁먹고 숨은 것 같았다.

차라리 잘됐다.

따라와 봤자 방해만 될 뿐이고, 친구의 용모는 대충 들어서 알고 있었다.

철경은 최대한 빨리 해결할 생각이었다.

그런데 위층에서 비명 소리가 들렸다.

"꺄아악. 살려주세요."

"가만있어. 이년아."

"여기까지 따라와 놓고, 이제 와서 왜 지랄이야?"

"아니에요. 나는 이런 곳인 줄 몰랐어요. 꺄악. 싫어!"

창은 열려있었고, 굉장히 크게 들렸다.

그런데 아무도 신경 쓰지 않았다.

거리에 지나가는 사람들은 오히려 멀리 떨어져서 걸었다.

철경은 화가 치밀었다.

다른 건 참을 수 있는데, 저런 추잡스러운 짓은 참기가 힘들었다.

'아마도 어릴 적 기억 때문이겠지.'

스스로 평가하면서 결국 철경은 이 층의 창으로 올라갔다.

훌쩍 뛰어서 창밖에서 바라봤다. 사내 두 명이 여자의 옷을 벗기고, 능욕하려고 했다.

예상대로였다.

말도 섞기 싫었다.

저들이 눈치채기도 전에, 철경은 주먹을 들었다.

퍼억.

콰앙.

둘 중 한 명이 벽을 부수고 날아갔다.

"너, 넌 누구야!"

남은 녀석이 소리쳤고, 대답 대신 주먹으로 내리찍었다.

우직.

커헉.

머리가 부서지면서, 즉사했다.

침상 위에는 찢어진 옷을 입은 여자가 울고 있었다. 철경은 벽에 걸려 있는 옷을 잡아서 침상으로 던졌다.

그리고 복도로 나갔다.

옆방에서도 비명 소리가 들렸다.

이런 사람들이 한두 명이 아니었다.

"으악. 아아아악."

"흑흑. 살려주십시오."

"훌쩍 알겠습니다. 돈은 꼭 갚겠습니다."

각 방마다 사람들이 갇혀 있었고, 각종 고문과 괴롭힘을 당하고 있었다.

이 조직이 어떤 성향인지 들었지만, 막상 보니 짜증이 났다.

생각보다 더 악질인 놈들이다.

"누구야? 감히 우리 쿠르카한테 덤벼?"

"죽여버려!"

곧 서른 명의 사내들이 우르르 올라왔다.

방금 전까지 술을 마시던 쿠르카 무인들이었다.

하나같이 박도를 들었고, 기세 좋게 달려왔다.

그러다가 철경을 보는 순간, 발걸음이 멈추었다.

복도를 가득 채울 정로 큰 몸집에 기가 죽었다. 가슴이 떨려오는 중압감까지 느껴졌다.

거기에 은연중에 흐르는 살기, 우물쭈물할 수밖에 없었다.

그때 철경의 손에서 노란빛이 생겨났다.

일종의 뇌기였고, 그들을 덮쳤다.

크아아악.

스무 명이 순식간에 쓰러졌다.

화천백의 천뇌전공이었다.

철경은 여기까지 오는 동안, 틈틈이 천뇌전공을 연구했다.

우연히 만들어진 내단이지만, 분명 본인의 것이다. 그리고 안정적으로 자리를 잡았다.

내기가 흐르는 길도 알고 있고, 구현해 내는 초식을 알고 있으니, 문제없었다.

앞으로 마음 놓고 사용할 수 있었다.

이것이 진천무경의 장점이었다.

진천문의 초대 문주인 서문령도 금륜안을 가졌었고, 동사로 다른 무공을 복사했다.

그래서 좋은 것만 모아서 만들어놓은 것이 진천무경이었다.

때문에 다섯 개의 단전을 가질 수 있었고, 성질이 전혀 다른 무공도 구현가능했다.

하지만 안타깝게도 그동안 진천문의 후예들은 금륜안을 가지지 못했었다.

각자 한 가지 내공만 선택했었고, 초식도 한정적으로 익힌 것이다. 그 과정에 상당수의 초식과 내공 심법이 소실되었다.

철경은 토(土)에 해당되는 생어토결의 내공을 먼저 익혔다. 나중에 금륜안이 발현되면서 목(木) 해당되는 목하시류결을 익혔고, 몇 배나 강해졌다.

같은 초식을 사용하더라도, 성질이 맞는 내공을 사용하면 위력이 강해진다.

때문에 생어토결로 강한 신체를 가질 수 있었고, 목하시류결로 빠르고 부드러운 신법을 구사할 수 있었다.

그리고 이번에는 반강제적으로 천뇌전공을 익히게 됨으로써 금(金)의 자리를 메웠다.

덕분에 지법과 비도술 부분이 비약적으로 발달했다.

"강천뇌지."

본래 뇌기를 바탕으로 운용하는 지법이었다.

생어토결로 사용했을 때는 투박하고, 단단한 지법으로 한 명만 공격가능했다.

하지만 지금은 달랐다.

천뇌전공으로 강천뇌지의 구결대로 흘려보내자, 손끝에서 찌릿함이 느껴지면서 노란 불꽃이 번쩍였다.

지짓.

앞으로 쭉 뻗어갔다. 섬전처럼 빠르고 날카로웠다.

지르르르.

“으아아악.”

도망가려던 녀석이 비명을 지르며 쓰러졌다. 그 후에도 뇌기는 줄어들지 않았다. 뒤에 있는 녀석으로 이어졌다.

마치 살아 있는 생물처럼, 강렬한 뇌기가 사람들을 쫓아갔다.

“커흑.”

“으악.”

서른 명이 순식간에 쓰러졌다.

강천뇌지의 새로운 모습이다.

천뇌전공과 딱 맞는 짝이 되어 본래의 모습을 찾았다.

단지 내공을 바꾼 것만으로, 초식이 수십 배나 강해진 것이다.

그 증거로 대부분이 목숨을 잃거나, 불구가 되었다.

이윽고 이곳의 대장이 나타났다.

사십 대 중반의 남자였고, 유일하게 일류급 무공을 지녔다.

하지만 그는 이미 전의를 상실했다.

싸울 생각도 않고 무릎부터 꿇었다.

"대협, 살려주십시오."

처음으로 철경이 손속을 거두었다. 그러자 남자는 조심스럽게 물었다.

"그런데 도대체 왜 이러시는 겁니까? 누구시기에 이곳에 나타나셔서 시비를 거시는 건지……."

"……."

"혹시 돈이 필요하십니까? 그렇다면 넉넉히 챙겨드리겠습니다."

철경은 손짓으로 방 안을 가리켰다.

몹쓸 짓을 당할 뻔한 여자는 구석에서 오들오들 떨고 있었다.

그제야 그 녀석은 상황을 파악했다. 그리고 열심히 변명했다.

"죄송합니다만. 대협. 상황이 보는 것과는 다릅니다. 단순히 보시기에 저희 아이들이 실수를 한 것 같지만. 사실은 그럴 만한 이유가 있었습니다. 저년은 두 달 전에 돈을 빌렸었고, 지금까지 한 푼도 갚지 않았습니다. 완전 악질이죠. 그래서 우린 단지 겁만 주려 한 겁니다. 돈을 받으려고요."

단지 겁만 주려 했다?

철경은 무뚝뚝하게 대꾸했다.

"확인해 보지. 계약서를 가져와."

"네에?"

"저 여자가 돈을 빌렸다는 계약서를 가져오라고."

"아, 그게 지금 여기에는 없고, 위층에 있는데, 워낙 많아서 찾기가……."

철경은 말 대신 주먹을 휘둘렀다.

콰아앙.

가볍게 휘둘렀는데, 삼 장 정도 되는 구멍이 생겼다. 그걸 보자 두목은 벌떡 일어났다.

"잠시만 기다려 주십시오. 금방 갔다 오겠습니다."

그리고 후다닥 뛰어갔다.

철경은 말없이 그를 쫓았다.

처음부터 기다릴 생각은 없었다. 무슨 수작을 부릴지 모르니까.

두목은 삼 층으로 올라갔고, 제일 큰 방으로 들어갔다.

매우 호화스러운 곳이다.

백호의 가죽이 바닥에 깔려 있고, 비싼 청자나 그림들이 사방에 늘려 있었다.

그는 한쪽 벽에 붙어있는 금고로 가서 열심히 열었다.

"여긴가?"

철경이 다가가자, 녀석은 화들짝 놀랐다.

"어엇. 하하하. 밑에 기다리고 계시면 금방 가져다 드릴 텐데."

"지금 가져와."

"네넵."

딴생각 못 하게 살기를 뿌렸고, 두목은 땀을 뻘뻘 흘리며 계약서를 가져왔다.

꼼꼼히 읽었다. 역시 사기에 가까운 계약서였다.

첫 장에는 이자가 연 일 할이라 적혀 있었다. 하지만 뒷장에 아주 작은 글씨로 금리는 변할 수 있으며, 한 달 내로 갚지 못하면 오 할씩 금리가 올라간다고 적혀 있었다.

두목은 그것에 대해서, 구구절절 변명을 늘어놓았다.

"그게, 사람들이 오해할 수도 있습니다만……. 솔직히 계약서를 꼼꼼히 안 읽은 당사자 잘못이잖아요. 제 잘못은 아닙니다. 게다가 불법도 아니고요. 엄연히 관에 신고하고 돈을 빌려주고 이자를 받는 사업입니다."

"계약서를 쓸 때, 주위에 사내들을 세워 압박을 준다고 하던데."

"그, 그건……."

숙수에게 들은 내용이었다. 철경이 말했다.

"괜찮아. 나도 법으로 따지려고 온 건 아니니까."

"네에?"

"나도 돈을 빌리겠다."

"도, 돈을요? 정말이십니까? 돈이 필요하시다고요?"

두목은 놀라서 되물었고, 철경은 진지하게 물었다.

"얼마까지 빌릴 수 있지?"

"원하시는 대로 빌려드리겠습니다"

"백만 냥도 가능한가?"

"네에? 하하하. 농담도 잘하십니다."

"……."

철경이 가만히 쳐다봤고, 두목은 농담이 아니라는 걸 깨달았다.

그는 웃음기를 지우고, 진지하게 대답했다.

"어이쿠. 제가 그렇게 큰돈이 어디 있겠습니까? 최대 십만 냥 정도 빌려드릴 수 있습니다."

"그럼 십만 냥을 가져와. 계약서와 함께."

"와하하하. 덩치만큼이나 화통하시군요. 바로 준비하겠습니다."

"참고로 이자율은 조정한다."

두목은 목이 부러져라 고개를 끄덕였다.

"당연하지요. 이런 이중 계약이 아니라, 정식 계약서를 준비하겠습니다. 그리고 이자는…… 대협이시니까 특별가격으로, 연 오 푼만 받겠습니다. 공짜나 다름없습니다."

"……오 푼?"

철경이 되물었다.

그러자 두목은 금세 말을 바꾸었다.

"하하하. 제가 오늘 실수가 많네요. 잠을 잘 못 자서 감이 떨어졌나 봅니다. 제가 말한 건 이 푼입니다. 이 푼."

"이 푼이라……."

우지직.

철경이 힘을 쓰자, 앞에 있던 탁자가 가루가 되어 사라졌다.

두목은 놀라서 소리쳤다.

"일 푼, 아니, 오 리로 해드리겠습니다. 오 리!"

"마음에 안 드는군."

철경은 내공을 끌어올렸다.

전력을 다해 끌어올리자, 건물이 흔들리기 시작했다.

우르르.

"으아아악. 자, 잠깐, 잠깐만요!"

정말 이곳이 무너질까 봐, 두목은 비명을 질렀다.

"죄송합니다. 아, 영 리, 그러니까 공짜로 빌려드리겠습니다."

"너도 눈치가 없군."

"네에?"

"왜 이자를 받을 생각만 하는 거지?"

그제야 두목도 깨달았다.

"서, 설마 돈을 빌리고, 저한테 이자도 받으신다는?"

"일 할이면 적당할 것 같군."

돈을 빌려주고, 갚을 때까지 이자를 받는 건 상식이다.

그런데 돈을 빌려주는 사람이 이자까지는 주는 게 말이 되나? 그럼 제발 돈을 갚아달라고 사정이라도 해야 되는 거 아냐?

전무후무(前無後無)한, 말도 안 되는 계약이었다.

녀석은 뭔가 끔찍한 걸 본 사람처럼 놀란 표정을 지었다.

"도대체 왜 이러시는 겁니까? 그런 말도 안 되는 계약을 할 리 없잖아요."

"이상하군. 너도 사람들에게 말도 안 되는 계약을 했잖아. 나는 왜 안 되지?"

"그건 나름 합리적으로……."

"나도 합리적이야."

두목은 엎드려서 철경의 다리를 붙잡았다.

"제발 살려주십시오. 한 번만 용서해 주시면, 앞으로 착하게 살겠습니다. 다른 사람 안 괴롭히고요."

"그래. 돈을 빌려주고, 그렇게 살아."

“이렇게 빌려주면, 저는 망합니다. 저도 가정이 있고, 자식이 있어요. 처자식 모두 길거리에 나앉을 순 없잖아요.”

철경이 물었다.

“너에게 돈을 빌렸던 사람들도 그렇게 말했을 텐데. 모두 가정이 있고, 자식이 있다고.”

“그, 그건…….”

“하지만 넌 봐주지 않았겠지. 그러니 이 따위 계약서가 잔뜩 쌓였을 테고.”

철경은 금고 안을 보면서 중얼거렸다. 그러자 두목도 더 이상 변명하지 못했다.

“빨리 계약서 수정하고, 돈을 가져와. 난 시간이 없어.”

하지만 곧바로 움직이지 않고, 뭉그적거리자, 철경은 살짝 만져주었다.

그제야 두목은 돈 십만 냥과 계약서를 가져왔다.

철경은 계약서를 확인하고 서명했다. 그리고 십만 냥 중 오만 냥을 돌려주었다.

“이건 너에게 돈을 빌린 사람들의 원금이다. 이제 모두 갚았다고 쳐라.”

“네에?”

“혹여나 내가 간 후에 돈을 더 받을 생각은 하지 마라. 나중에 내가 들러서 확인할 테니까.”

그리고 뇌기를 이용하여 금고 안에 있는 모든 계약서들

을 불태웠다.
두목은 넋이 나간 채 중얼거렸다.
"나는……, 이제 망했다."
"혹여나 고리대금업을 그만두지도 마라. 눈덩이처럼 불어난 이자를 받으러 올 거야."
철경은 그 말과 함께 밖으로 나갔다.

건물 밖에는 숙수와 그 친구가 기다리고 있었다. 그들은 철경의 얘기를 듣고 고개를 숙였다.
"가, 감사합니다. 대협."
"정말 감사합니다. 다른 사람들에게 이 사실을 전해주겠습니다."
무엇보다 빚이 없어졌다는 말에 크게 기뻐했다.
"부다 마가르는?"
"바로 안내해 드리겠습니다. 따라오시죠."
그들은 공손하게 안내했다.
마을 외곽 쪽으로 향했다.
작은 천이 보이고, 그곳을 잇는 작은 다리가 있었다.
그 아래에 판자로 만든 집이 여럿 있었는데, 그중 하나에서 멈추었다.

"여깁니다. 제가 객잔에서 숙수 일을 하는데, 한 번씩 음식이 남으면 이곳 사람들에게 나눠줍니다. 그때 여기 사는 노인을 만났는데, 자신의 이름이 부다 마가르라고 했었습니다."

철경은 고개를 끄덕였고, 두 사람은 인사를 하고 떠났다.

4장

입구에는 문 대신 작은 거적때기만 걸려 있었다. 그 정도로 낡고 초라한 집이었다.

그리고 집안에서는 작고 불규칙한 숨소리가 들렸다.

철경은 곧장 안으로 들어갔다.

가로세로 두 평도 안 되는 좁은 공간에 여기저기 곰팡이가 피어 있었다.

형용할 수 없는 이상한 냄새를 풍겼고, 바닥에는 알 없는 벌레들이 기어 다녔다.

이런 곳에 노인이 한 명 누워 있었다.

몸을 돌린 채, 기침을 하면서 웅크리고 있었다. 삐쩍 마른 몸집을 보아, 며칠은 굶은 것 같았다.

“쿨럭쿨럭.”

그의 숨소리가 더욱 가늘어졌다.

철경은 다가가서 노인을 살폈다.
식은땀도 흘리고, 입술도 바짝 말랐다.
'금방 죽겠군.'
먼저 이 노인이 사부님의 사형인 부다 마가르인지 확인해야 한다.
철경은 손을 내밀어 노인의 백회혈과 단전을 만졌다.
그리고 진천무경의 생어토결을 일으켰다.
진천문의 무공을 익혔다고 하니, 부담 없이 받아들일 것이다.
그런데.
"응?"
기가 흐르지 않는다.
곳곳에 툭툭 끊어진 흔적들이 있었다.
게다가 단전에는 아무것도 없었다.
공허했다.
단전이 망가진 것이다.
철경은 금륜안 투시까지 이용하면서 노인의 몸을 자세히 살폈다.
기가 이어지지 않는 건, 맥이 끊어졌다는 뜻이다.
하지만 실제로 끊어진 것은 큰 기가 흐르는 대혈일 뿐, 면밀히 연결되어 있는 세맥은 존재했다.
이 상태로 오래되어 기혈이 뒤틀렸고, 세맥이 막힌 것처럼 보일 뿐이다.

단전도 부서졌지만, 흔적은 남아 있었다.

분명 생어토결이었다.

마가르 사백임은 확인했고, 철경은 자신의 생어토결을 슬며시 밀어 넣었다.

조금씩, 아주 조금씩 세맥을 통해 온몸으로 퍼뜨렸다.

그렇게 기혈을 뚫으면서 추궁과혈로 몸을 어루만져 주었다.

기가 뭉쳐 있는 것은 풀어주고, 머리부터 발끝까지 근육도 잡아주었다.

물론 쉽지 않았다.

너무 심하게 망가졌고, 오랫동안 방치되었다. 마치 쓰러지기 직전의 모래성 같았다. 조금만 세게 불어도 넘어갈 것 같았다.

때문에 갓 태어난 아기를 어루만지듯, 공을 들여서 천천히 진행했다.

무려 세 시진이나 걸렸다.

하지만 효과가 있었다.

기침은 계속하지만, 숨소리가 고르고 안정되었다. 어렴풋이 정신도 차렸다.

"……누구요?"

"부다 마가르, 본인 맞소?"

"그렇긴 한데."

"다행이군."

"쿨럭. 쿨럭."

하지만 오랫동안 대화를 나눌 정도는 아니었다. 의원의 도움이 필요했다.

철경은 그를 들었다.

너무 말라서 어린아이의 무게와 비슷했다.

집 밖으로 나가서 지나가는 사람에게 붙잡았다.

"이 마을에서 제일 뛰어난 의원이 누구요?"

"쯧쯧쯧. 몸이 말이 아니군. 죽지 않은 게 신기해."

시골에 있는 의원치고는 솜씨가 좋았다.

나이가 꽤 많았는데, 활기가 넘쳤고, 마가르를 빠르게 치료했다.

"걱정 마시오. 이제 괜찮아질 거요."

그렇게 이틀이 지난 후에야, 마가르가 깨어났다.

정상적인 대화를 할 수 있을 정도로 안정되었다.

"네가 누구라고?"

하지만 말투는 친절하진 않았다. 목소리는 카랑카랑했고, 공격적이었다.

"진천문의 십구대 문주, 철경이오."

"진천문? 크흐흐. 쿨럭쿨럭. 푸흘흐흐."

뭐가 웃긴 건지 기침을 하면서도 한참을 웃었다.

"빌어먹을 진천문. 아직도 망하지 않았나?"

그는 철경의 아래위를 훑어보았다.

"그래서 네가 장문이면, 누구의 제자냐? 셋째냐? 넷째냐?"

"강을정 사부님께 사사받았소."

"셋째구나. 그런데 말투가 왜 그래? 내가 빌어먹을 진천문에서 쫓겨나긴 했어도, 한때 네 스승의 사형이었다. 극존대를 써야지."

"난 진천문의 문주요."

배분을 떠나서, 문주가 극존대를 하는 경우는 없었다.

"크흐흐. 오냐. 잘난 진천문의 문주님아. 니 마음대로 해라. 그런데 그런 잘난 문주께서 여기엔 웬일이냐?"

"사부님의 유언이 있었소. 마가르 사백을 만나서, 알고 있는 진천문의 무공 요결을 배우라고 하셨소."

"아, 그렇지. 이제 생각났다. 십여 년 전에도 셋째가 나를 찾아왔었지."

마가르는 당시를 떠올리며, 중얼거렸다.

"낄낄. 우리 잘난 사부가 갑자기 사라져서 돌아오지 않는다고. 그래서 진천문의 무공을 다 배우지 못했다고 말이야. 푸흐흐. 그래서 너도 온 거냐? 금강인의 마지막 무공구결을 가르쳐 달라고"

"비슷하오."

"그런데 미안해서 어떡하나? 나는 가르쳐줄 생각이 없는데. 크흐흐."

그는 놀리듯 말했다.

이런 상황을 즐기는 것 같았다.

"그때와 똑같은 대답을 해주마. 난 빌어먹을 진천문 따위는 망했으면 좋겠다. 그러니 무공요결은 알려줄 수 없다."

"사부님께는 조건을 걸었다고 들었소."

"아아. 그래. 너희 사부가 하도 조르길래, 조건을 걸었었지. 돈 백만 냥을 가져오라고. 그럼 내가 아는 모든 구결을 알려주겠다고. 그때는 내가 돈이 좀 필요했거든."

"그 조건은 지금도 유효하오?"

철경의 말에 마가르는 크게 웃었다.

"푸하하하. 네놈도 제정신이 아니구나. 그따위 무공 요결 때문에 백만 냥이나 주겠다고?"

"돈은 문제가 아니오. 약속을 지킬거요?"

"크크큭. 그래. 그래. 잘난 진천문 장문인은 돈이 문제가 아니겠지."

마가르는 결심을 한 듯 선언했다.

"오냐. 돈을 가져오면 요결을 알려주겠다."

그런데 이때, 다른 사람이 끼어들었다.

"듣자 듣자 하니, 너무하네."

의원이었다.

그가 갑자기 방으로 들어오더니, 마가르에게 소리쳤다.

"내가 두 사람 얘기가 끝날 때까지 기다리려고 했는데, 답답해서 안 되겠네. 이보시오. 돈 백만 냥이 얼만지 큰돈인지 알고나 있소?"

"흥."

"내가 이 집을 오백 냥에 샀소이다. 그리고 이 주변에 가게들, 건너편 객잔이랑, 포목점, 근처 상점들을 다 합쳐도 만 냥이 안 될 거요. 그런데 뭐, 백만 냥? 이 영감이 노망이 났나?"

마가르는 퉁명스럽게 대꾸했다.

"잘 알지도 못하면서, 끼어들지 마라."

"뭘 알지 못해. 딱 봐도 알겠구만. 본인 인생 망친걸, 본인 잘못이지 왜 딴데 화풀이를 해? 그리고 이 사람이 당신 목숨을 구해준 건 알고 있소? 그건 어떻게 계산할 거요?"

마가르는 콧방귀를 꼈다.

"흥. 누가 구해 달랬나? 난 죽고 싶었다고."

"어절씨구. 그럼 그냥 여기서 죽든가. 괜한 사람 힘들게 하지 말고."

"그게 의원이 할 소리야?"

"너 같은 환자는 죽어도 싸. 그게 세상에 도움이 되거든."

둘의 언성이 높아질 때였다.

철경이 끼어들었다.

"백만 냥을 주겠소."

그 말에 두 사람이 동시에 소리쳤다.

"정말?"

"자네 미쳤나? 아니면 자네도 돈의 개념이 없는 거야?"

철경은 의원을 무시하고, 마가르에게 물었다.

"거래할 거요?"

"그, 그래야지. 진짜로 돈을 준다면, 요결을 말해줘야지."

무엇에 홀린 듯 대답했다.

철경도 생각이 있었다.

화천백의 현상금이 백만 냥이 넘는다고 했으니, 수수료를 떼더라도 맞출 수 있을 것 같았다.

이번에는 의원에게 물었다.

"이 사람 상태는 어떻소? 떠날 수 있겠소?"

"어디로 가는데?"

"청해."

"이 사람아. 당연히 안 되지. 겨우 몸속의 불씨를 피워놨는데, 그렇게 멀리 간다고? 하루도 안되어 꺼질거야. 위험해."

"내가 계속 진기를 나누어준다면?"

"으음. 가능은 하겠지만, 그래도 위험하지."

그러자 철경은 잠시 생각했고, 의원을 빤히 쳐다봤다.

"왜 나를 보는 건가?"

"의원께서 같이 가면 어떻소?"

"내가 어딜? 청해를?"

"그렇소."

"허허허. 그럼 저놈은 살겠지. 하지만 내가 죽을 거야."

가기 싫다는 의미였다. 철경은 포기하지 않았다.

"의원도 진료를 위해 출장을 가지 않소?"

"갈 때도 있지. 하지만 그렇게 멀리까지는 안 가. 게다가 나는 십 리 밖을 떠나 본 적이 없어."

"혹시 여행을 싫어하시오?"

"뭐, 젊었을 때야 해보고 싶은 마음도 있었지만, 쩝. 다 늙은 몸으로 어딜 간다고. 그냥 조용히 살다 죽어야지."

"돈을 주겠소."

"허허허. 정말 돈이 많나 보네."

철경은 말했다.

"필요할 때 쓸 뿐이오. 얼마면 되겠소?"

"흐음. 좋아. 이만 냥이면 생각해 보지."

의원도 약 올릴 생각에 말도 안 되는 금액을 불렀다.

하지만 철경은 눈썹 하나 움직이지 않았다. 아무 말 없이 품속에서 돈을 꺼냈다.

불법사채업자에게서 빌렸던 오만 냥 중 이만 냥이었다.

"여기 있소."

의원의 눈이 솥뚜껑만큼 커졌다.

일 년을 꼬박 일해도 삼천 냥을 벌기 힘들다. 거기서 생활비 등을 빼면 오백 냥도 모으기 힘든 것이 현실이었다.

그런데 말 한마디에 이만 냥을 준다니.

"자, 자네 진짜 미쳤는가?"

"가실 거요?"

의원은 철경의 손에 든 돈을 한참동안 바라보았다.

그러더니 고개를 끄덕였다.

"에라이. 나도 모르겠다. 이런 큰돈이 언제 생길지 모르는데, 모험을 해봐야지. 잠깐만 기다리게. 마누라한테 얘기하고 올 테니."

의원은 방을 나갔다.

마가르 역시 놀라서 철경을 쳐다봤다. 그리고 크게 소리쳤다.

"야. 그 돈을 왜 의원한테 줘. 나한테 줘야지."

"나중에 줄 거요. 떠날 준비나 하시오."

"뭐, 인마. 이거 생각해 보니 열 받네. 나는 지금 병자야. 네 마음대로 어딜 데려가? 나는 안 갈 거야."

"가야 하오."

"왜?"

"내가 할 일이 있소."

"그럼 너 혼자 갔다 오면 되잖아. 나는 여기서 기다리면 되고."

"다시 올 시간은 없소."

그러자 마가르는 기가 찬다는 듯 고함을 질렀다.

"이 미친놈아. 네가 오기 싫으면, 돈만 보내. 분명히 말하지만, 난 한 발짝도 움직일 수 없으니까 그런 줄 알아."

"마차 타고 갈 생각이니, 움직일 필요 없소."

"야이 호로 자식아. 안 간다고. 억지로 가면, 약속을 취소할 거야."

"정말 시끄럽군."

철경은 마혈을 짚었고, 마가르는 기절했다.

그사이 의원이 돌아왔다.

"이 친구는 왜 이러나?"

"시끄러워서 재웠소."

"잘했군."

그는 미소를 지었다.

"이런 말 하면 웃기지만, 내가 간다니까 마누라가 너무 좋아하더군. 빨리 가라고 내 짐까지 챙겨줄 정도야."

"말과 마차가 필요하오."

"그건 내가 준비하지. 아는 곳이 있어. 참 선금은 얼마나 줄 텐가?"

"일만 냥 받으시오."

그리고 흔쾌히 돈을 주었다.

의원은 좋아하며 받았고, 그의 부인은 더 좋아했다고 한다.

덕분에 철경은 적극적인 도움을 받을 수 있었다.

약재와 마차를 알아서 챙겼고, 가면서 먹을 간식과 밥까지 준비했다.

그리고 세 사람은 오후에 바로 출발했다.

떠나면서 의원이 물었다.

"그나저나 자네 이름은 뭔가?"

"철경."

"반갑네. 내 이름은 자타르일세."

그때까지 마가르는 자고 있었다.

시간은 빠르게 흘렀다.

떠난 지 십오 일이 되던 날, 세 사람은 격이목을 눈앞에 두고 있었다.

마가르는 아직 죽지 않았고, 오히려 체력이 좋아졌다. 덕분에 쉴 새 없이 입을 놀렸다.

"이 무식한 자식아. 힘들어 죽겠다. 그러니까 제발 마차 좀 세워."

물론 대부분이 불만과 투정이었다.

"이 곰 같은 자식이 정말 곰같이 행동하네. 귀가 먹었냐? 왜 사람 말을 씹어?"

"이제 다 왔소."

"야. 그리고 말이 왜 그렇게 짧아? 이 새끼가 사백을 계속 무시하네. 니 사부가 그렇게 가르치던?"

"……."

"빌어먹을 놈아. 너, 고아지? 그러니까 버릇이 없지. 네 놈을 낳은 애미가 지하에서 울겠다."

뭐라고 말하든 철경은 그를 무시했다. 다만 자타르 의원이 가만 있지 않았다.

"진짜 입에 걸레를 물었나? 이 영감탱아. 귀가 썩을 것 같으니까 그만 좀 씨불여!"

"당신은 가만 있어."

"뭐라고? 지난번처럼 침으로 입을 마비시켜 줄까?"

여기까지 오는 내내 이런 식이었다.

그런데 격이목 마을에 들어가자, 상황이 격변했다.

마가르가 떠들자, 지나가는 사람들이 마차를 주목하기 시작했다.

철경은 주목받는 걸 싫어했다.

그래서 마가르의 마혈을 짚으려 했는데, 자타르 의원이 반대했다.

"지금은 안 되네. 오전에 한 번 기절시켰잖아. 한 시진도 안 돼서 또 마혈을 짚으면 몸에 무리가 올 수 있어."

옳다구나 싶었는지, 마가르는 계속 떠들었다.

"야. 무식한 놈아. 꼴 좋구나. 내가 짐짝이냐? 사람이 말은 할 수 있게 해줘야 할 것 아냐?"

"조용히 하시오."

"호오. 여태껏 나를 무시하더니. 이제야 대꾸하네. 왜? 이 마을에 할 일이라도 있냐?"

"……."

"어쭈. 대답을 안 해? 오냐. 두고 보자. 아이고 동네 사람들. 내 말 좀 들어보소. 내 사질이라는 자가 장문인이라고 나를 무시하고……."

그러자 처음으로 철경이 움직였다.

갑자기 마가르의 멱살을 잡았다. 그리고 차분하게, 그리고 분명하게 속삭였다.

"조용히 하시오. 한 번만 더 떠들면, 나도 가만 있지 않겠소."

"크크큭, 네가 가만 있지 않으면 어쩔 건데? 버리고 가려고?"

"죽일 거요."
그러자 마가르의 눈이 두 배로 커졌다.
"뭐, 뭐라고?"
"난 장문이고, 문도가 죄를 지었으면, 벌을 행할 수 있소."
"내가 무슨 죄를 지었는데?"
"내 명을 어겼잖소?"
"X발. 그게 죽을죄냐? 아, 그리고 난 진천문의 사람이 아니야. 쫓겨났잖아."
"그럼 더 좋지. 남남이니까 마음껏 죽일 수 있고."
마가르는 순간 말문이 막혔다.
"그, 그런……. 넌 양심도 없냐?"
"내 일에 방해될 경우에는 그런 건 없소."
"그래도 도의라는 게……."
"마지막 경고요. 조용히 하시오. 그래도 떠든다면…… 어찌 되나 봅시다."
담담하게 말했다. 하지만 목소리에서 살기가 느껴졌다.
'진심일까?'
마가르는 고민했다.
그러자 옆에서 지켜보던 자타르 의원이 한마디 했다.
"잘 생각해 보게. 저 친구가 언제 빈말을 한 적이 있던가? 단 한 번이라도?"
없었다.

차라리 입을 다물지언정, 거짓말을 하거나, 빈말을 한 적이 없었다.

자신이 뱉은 말은 무조건 지켰다.

아니, 정말로 죽이진 않더라도, 그에 준하는 뭔가를 할 것 같았다.

마가르는 입을 벙긋거리려다, 그냥 입을 다물었다.

'개새끼. 나중에 두고 보자.'

솔직히 겁을 먹었다. 하지만 속으로는 복수를 다짐했다.

사실 마가르의 기분은 조금 복잡했다.

분명 며칠 전에는 죽을 각오를 했고, 죽기 직전까지 갔었다.

그런데 요상한 것이 사람 마음이라고, 목숨을 구하고 큰 돈까지 받을 생각을 하니, 욕심이 생겼다.

이제는 살고 싶어졌다.

그리고 까마득하게 어린놈이 죽이겠다고 협박하자 자존심도 상했다.

분명 객관적으로 고마워해야 하지만, 이상하게도 화가 났다.

무기력한 자신에게 화가 나고, 미친 곰탱이를 보낸 강을 정에게도 화가 났다.

그걸 속으로 삭히면서 눈을 감았다.

마차 안이 조용해지자, 철경은 객잔을 찾았다.

지난번처럼, 점소이에게 목적지를 물어볼 생각이었다. 그런데 옆에서 남자 세 명이 달려가면서, 의외의 정보를 얻었다.

"드디어 흑곰파에서 칼을 빼 들었다고?"

"그렇다니까. 지금 흑곰파 무사들이 태전문으로 달려갔어."

"크으으. 드디어 피바람이 불겠구나."

"그럼 이제 흑곰파가 격이목을 통일하는 건가?"

"예정된 결과지."

"어찌 되든 빨리 가자. 이러다 좋은 구경 다 놓치겠다."

그들의 입장에서는 누가 이기든 상관없었다.

그저 오랜만에 벌어지는 싸움 구경에 신이 날 뿐이다.

철경도 마차를 끌고 그들을 따라갔다. 그의 목적지가 그들이 언급한 태전문이기 때문이다.

태전문은 생각보다 크고 넓었다.

큰 건물만 세 채가 넘었고, 연무장의 크기가 좌우 오십장이 넘었다.

다만 세월이 말해주듯 무척이나 낡았다. 바닥에는 잡초가 무성했고, 담벼락은 군데군데 부서져 있었다.

심지어 정문의 문도 반쯤 부서져 있는데, 이건 조금 전에 부서진 것 같았다.

그리고 문 옆에는 흑의를 입은 거한이 두 명 서 있었다.

"뭐야? 구경났어? 안 물러나?"

온몸에 문신을 새겼고, 험악하게 생겼다. 그들은 안쪽을 보려고 기웃거리는 일반 사람들을 겁박을 주면서 막았다.

철경은 굳이 다가가지 않았다.

오히려 뒤로 물러났다. 워낙 키가 워낙 커서, 작은 언덕 위에서도 담장 너머가 보였다.

지금 연무장에는 두 패로 나뉘어 서로를 노려보고 있었다.

한쪽에는 흑의를 입은 오십 명이 서 있었고, 나름 오와 열을 갖추었다.

그리고 반대편에는 단 세 사람만 서 있었다. 그것도 두 명은 어린아이였다.

아홉 살로 짐작되는 남자아이는 목검을 들고 맨 뒤에 숨었다. 그리고 열두 살로 보이는 여자아이는 단검을 들고 있는데, 제법 강단이 있었다.

다리를 떨면서도 뒤로 물러서지 않았다.

그리고 아이들의 아버지로 짐작되는 남자는 불혹 정도의 중년인이었다.

주먹을 쥐고 싸울 자세를 취하는데, 진천문 우내권의 기수식이었다.

'제대로 찾아온 것 같군.'

나이로 보아, 태조인 사백의 아들인 태무경 같았다.

하지만 풍기는 기도로 보아 일류고수 수준이었고, 흑의인들을 상대하기에는 많이 부족한 실력이었다.

게다가 왼쪽 디딤발도 불안한 것이 정상이 아닌 것 같았다.

'그럼 태조인 사백은 어디 있지?'

이런 상황인데도 나타나지 않은 것이 이상했다.

그때 흑의를 입은 놈들 중에서 제일 크고, 강해 보이는 놈이 나섰다.

"총관. 이제 그만합시다."

이제 이립 정도로 보이는 젊은 사내였다.

말투가 건방졌고, 마치 자신이 배려를 해준다는 식으로 말을 했다.

"나, 흑곰. 마지막 선의를 베풀겠소. 이제 그만하고 돌아갈 테니, 태전문은 우리 마을에서 떠나주시오. 한 산에 두 개의 호랑이가 살 수는 없는 법 아니겠소."

그 말에 태무경은 옅은 한숨을 쉬었다. 그리고 이미 결정을 내린 듯 담담하게 대답했다.

"좋소. 우리가 떠나겠소."

"하하하. 잘 생각하셨소."

흑곰은 웃으면서 반겼다.

태무경은 입술을 깨물며, 부탁했다.

"하지만 그대들이 제안한 금액은 터무니없이 적소. 이 넓은 땅을 오백 냥에 팔라니…… 너무 말도 안 되는 가격이잖소."

"본래 물건의 가치란 수요자의 수에 따라 달라지는 법이오. 사려는 사람이 많으면 자연스레 올라가는 거고, 사람이 적으면 금액이 내려가는 건 당연한 이치 아니겠소? 내가 알기론 이 땅을 육 개월 전부터 내놨는데, 아직까지 팔리지 않았다고 들었소이다."

태무경은 다시 입술을 깨물었다.

실제로 땅을 내놨고, 사려는 사람도 있었다. 하지만 그때 흑곰파에서 공공연하게 사지 말라고 협박했고, 결국 구매를 포기했었다.

흑곰파는 이 땅을 자신이 살 거라고 공공연하게 선언한 셈이다. 그렇게 수요자를 없애고, 말도 안 되는 가격을 제시하고 있었다.

"빨리 결정하시오. 태전문주. 팔거요 말거요."

"끄응."

정말로 억울했다.

돈 오백 냥으로는 도저히 두 아이와 아픈 아버님을 모시고 타지로 갈 수 없었다.

결국 자존심을 버리고, 조금이나마 돈을 더 받아내야 하는가.

태무경은 무릎을 꿇을까 고민했다.

그때 태무경 옆에 있던 딸이 끼어들었다.

"안 돼요. 아버지. 이렇게 끌려다니듯, 팔지 마세요. 이번만 잘 버티면, 분명 좋은 값에 팔 수 있을 거예요."

"하지만 천화야."

"제가 도울게요. 그리고 지금은 겁만 주는 거예요. 주위에 보는 눈이 많아서, 저놈들도 한 번에 덤비지 못할 겁니다."

그러자 흑곰이 크게 웃었다.

"푸하하하. 태씨 가문에 당찬 꼬마가 있다더니, 너였구나. 발언은 용감하다만, 너희 셋을 처리하는데 우리가 다 덤빌 것 같으냐? 나 혼자면 충분해."

그는 어깨를 으쓱이며 소리쳤다.

실제로 그는 절정에 가까운 무공을 지녔다. 마음만 먹는다면, 호언대로 다 죽일 수도 있었다.

태천화는 담장 너머를 바라봤다.

담장 너머로 마을 사람들이 보고 있다는 건, 아까부터 알고 있었다. 그들에게 도움을 청했다.

"여러분, 저희 아시잖아요. 이곳에서 자리 잡은 지 벌써 이십오 년이 넘은 태전문입니다. 제발 도와주세요."

"……."

"저희 할아버지께서 당시에 삼천 냥에 샀던 땅입니다.

나중에 되파시더라도, 주변 시세를 보면 오천 냥은 받을 수 있을 거예요. 투자할 가치가 있는 곳이에요. 여길 이천 냥에 팔게요. 정말 없으세요?"

마을 사람들도 잘 알고 있었다.

금싸라기 같은 땅이었고, 분명 매력적인 조건이었다. 하지만 아무도 나서지 않았다.

그만큼 흑곰파가 무서웠다.

전부 시선을 돌렸고, 부끄러울 만큼 조용해졌다.

흑곰은 천천히 앞으로 나섰다. 그리고 주먹을 흔들며 아이를 위협했다.

"자아, 이제 장난은 이만하고 들어가거라. 더 나서면 예쁜 얼굴이 다친다."

그때 한 사람이 움직였다.

그는 천천히 정문 쪽으로 걸어갔다.

정문을 지키던 거한들은 짜증을 내면서 소리치려다 입을 꾹 다물었다.

그리고 자신도 모르게 옆으로 비켜났다.

마치 거대한 산이 다가오는 것 같았다.

감히 막을 생각 따위도 못했고, 그저 조용히 지나가길 바랄 뿐이다.

그렇게 철경은 정문을 통과했다.

연무장에도 비슷한 상황이 벌어졌다.

딱히 무공을 사용하지 않았는데도, 흑의를 입은 사내들이 줄줄이 비켜섰다.

그렇게 아무런 방해도 없이, 철경은 연무장 중앙까지 걸어갔다.

태무경 가족이 먼저 철경을 발견했다.

너무 놀라서 멍하게 바라봤고, 흑곰도 이상해서 고개를 돌렸다.

철경을 보고 깜짝 놀랐다.

'허억. 이게 뭐야, 사람이야?'

자신도 큰 편이라 생각했는데, 눈앞의 남자는 상상을 초월했다.

고개를 바싹 올려야 얼굴을 볼 수 있었고, 마치 자신이 난쟁이가 된 기분이었다.

키만 큰 것도 아니었다.

목은 탄탄했고, 어깨는 평야보다 넓었다. 그리고 그렇게 큰 체구를 지녔는데, 발걸음 소리는 들리지 않았다.

무공이 뛰어나다는 반증이었다.

'제기랄, 왜 갑자기 이런 놈이 나타나서는…….'

흑곰은 겁을 먹었지만, 그래도 체면이 있었다.

한마디 던졌다

"당신 누구요? 지금 여기는 사적인 대화를 하는 것 안 보이오? 너무 무례한……."

“비켜.”

짧고 굵직한 목소리.

건방진 말투였다. 마음 같아서는 이놈의 버릇을 고쳐주고 싶지만.

남자의 주먹을 보는데, 크기가 자신의 머리통과 비슷했다. 스치기만 해도 죽을 것 같았다.

‘후우. 내가 참는다.’

흑곰은 깨끗이 포기하고 물러섰다.

“흠흠. 야. 너 왜 옷을 그렇게 입었어? 이리 와봐!”

흑곰은 수하에게 말을 거는 척하면서 길을 비켜주었다.

철경은 곧장 태무경에게 향했다.

정확히 말하면 그의 옆에 있는 아이, 태천화 앞에 섰다.

그리고 품속에서 작은 주머니를 꺼내어 던졌다.

툭.

태천화는 얼떨결에 양손으로 받았다.

“이, 이건 뭔가요?”

“이천 냥.”

“네에?”

“이곳을 판다며?”

“그, 그렇죠. 사실 건가요?”

철경은 고개를 끄덕였다.

그녀는 멍한 표정으로 아버지를 봤고, 태무경도 황당한

건 마찬가지였다.

어쨌건 거래는 성사되었다.

그는 감사를 표했다.

"도움에 감사드리오."

"싸게 내놔서 샀을 뿐이오. 집문서를 가져오시오."

"아, 그렇지. 잠시만 기다려 주시오."

태무경은 태천화에게 눈치를 줬고, 태천화는 뒤쪽 건물로 달려갔다.

그사이 철경은 몸을 돌려 흑곰에게 다가갔다.

흑곰도 일이 요상하게 흘러가는 것을 느꼈다. 그런데 어떻게 해야 할지 판단이 서지 않았다.

잠시 망설인 후에 크게 소리쳤다.

"귀, 귀하는 지금 큰 실수 하고 있는 거요."

철경은 무심하게 한마디 대답했다.

"모두 꺼져라. 여긴 내 땅이다."

"우리가 누군지 모르나 본데, 우리는 흑곰파로서 이곳 격이목의 제일 문파로……."

"안 가면, 죽는다."

철경은 내력을 끌어올렸다.

그냥 봐도 무서워 보이는 인물이다. 그런데 순간 엄청난 압력이 흑곰을 눌렀고, 산처럼 커 보였던 몸집이 몇 배로 더 커진 것 같았다.

흑곰은 곧바로 포기했다.

"후, 후퇴!! 오늘은 이만하고 돌아간다."

수하들에게 소리치고, 자신이 먼저 달려갔다. 그러면서도 한마디는 잊지 않았다.

"나중에 두고 봅시다."

수하들 역시 썰물처럼 쫓아갔다.

연무장은 텅 비웠고, 구경하던 사람들도 같이 떠났다. 북적거리던 이곳이 순식간에 조용해졌다.

태무경은 철경의 눈치를 봤고, 마침 태천화가 집문서를 가져왔다.

"여기 있어요. 집문서."

철경은 그것을 받은 후에 태무경에게 물었다.

"태조인 사숙은 살아 있소?"

"아, 아버님을 아시오?"

철경은 고개를 끄덕였다.

그리고 언제 왔는지, 마가르가 끼어들었다.

"이 녀석은 강을정의 제자다. 참고로 나는 마가르라고 하지. 혹시 들어본 적 있느냐?"

그제야 태무경도 상황을 파악했다.

"혹시 진천문에서 오신 겁니까?"

철경은 고개를 끄덕였고, 태무경은 웃으면서 반겼다. 그리고 철경 일행을 집안으로 초대했다.

태조인은 아직 살아 있었다. 하지만 침상에서 일어나지 못할 정도로 위독한 상태였다.

"아버님은 이십오 년 전에 진천문을 나오시고, 태전문을 개파하셨습니다. 그리고 문을 성장시키기 위해 많은 노력을 하셨죠. 마을에 큰일이 있을 때마다 나서서 해결했고, 사람들에게 인정을 받았습니다. 어느 정도 명성도 얻으셨고요."

"……."

"그런데 이년 전, 길을 가던 고수와 시비가 붙었고, 그때 상처가 악화되어 병상에 누우셨습니다. 생각해 보면, 그 고수가 일부러 노린 것 같았습니다."

"그럼, 지금은 당신이 태전문의 문주인 거요?"

태조인은 쓴웃음을 지었다.

"아닙니다. 보다시피 저는 한쪽 다리가 불편하고, 무공에는 재능이 없으니까요."

그는 이전부터 태전문의 총관 역할을 했었다.

태전문 같은 작은 문파는, 문주의 무공 수준에 따라 성세가 판명 난다.

그런데 문주인 태조인이 쓰러지고, 평소에 사이가 좋지 않던 흑곰파가 계속 시비를 걸었다.

결국 문도들은 하나둘 떠나가고, 아무도 남지 않았다.

"태조인 사숙을 보고 싶소."

"따라오시지요. 의식은 없지만, 보실 수는 있습니다."

철경은 그렇게 사부님의 사제이자, 두 번째 사숙인 태조인을 만났다.

점잖은 외모였지만, 안색이 좋지 않았다. 오랫동안 침상에 누워서인지, 몸이 앙상했고 근육도 사라졌다.

철경은 태무경에게 물었다.

"의원에게 데려갔었소?"

"근방의 의원은 다 만나 봤지만, 차도가 없었습니다."

실력이 뛰어난 의원은 생각보다 구하기 힘들다.

철경은 마가르 사백 뒤에서 슬며시 따라오는 자타르 의원을 바라봤다.

"살펴봐 주시오. 비용은 따로 지불하겠소."

"에잉. 그럴 줄 알았어."

그는 투덜거리면서도 태조인에게 다가갔다.

나머지 사람들은 다시 대청으로 돌아왔고, 이번에는 태무경이 철경에게 물었다.

"그런데 이곳에는 무슨 일로 오셨습니까?"

"태조인 사숙이 정신을 차리면, 그때 말씀드리겠소."

"알겠습니다."

하지만 태무경은 큰 기대는 가지지 않았다.

"이 마을에 낭인객잔이 있다고 들었소."

"아, 있습니다."

"정확한 위치를 알고 싶소."

"제가 안내해 드릴게요."

그때 태천화가 소리쳤다.

그녀는 지금껏 쫓아오면서 두 사람의 대화를 엿들었다. 그리고 자신이 할 수 있는 일이 생기자 적극적으로 나선 것이다.

"천화야."

태무경은 그녀를 말리려 했지만, 소용없었다.

"아버지는 다리가 불편하시고, 할 일도 많으시잖아요. 그리고 사숙님. 제가 이 마을에서 태어나고 자라서, 골목 하나하나 모두 알고 있습니다. 저만 믿고 따라오시면 됩니다."

"사숙?"

철경이 되묻자, 태천화는 당당하게 대답했다.

"저는 아버지에게 무공을 배웠거든요. 엿들어 죄송하지만, 아버지와 배분이 같으니까, 저에게는 사숙이 되시잖아요."

철경은 아이의 말을 찬성하지 않았다. 그래서 대꾸하려

는데, 태천화 뒤에 숨어 있는 태천부가 눈에 들어왔다.

부끄러워하면서 누나 뒤를 졸졸 따르고 있었다.

아이가 태천화에게 속삭였다.

"누나, 가지 마."

"괜찮아. 내 걱정은 하지 말고, 아버지 도와드려. 할 수 있지?"

태천화는 태천부를 챙겨주었다.

두 사람의 모습을 보고, 한 사람이 떠올랐다.

나이는 어리지만, 할 말을 하는 모습, 그리고 자신의 동생을 챙겨주는 모습은 자신의 첫째 누나와 비슷했다.

무림의 사냥개들에게 죽기 전까지 언제나 막내인 자신을 챙겨주었었다.

'빨리 그 복수를 해야지.'

철경은 상념을 떨쳐 버리고, 태천화에게 말했다.

"네가 안내하거라."

"넵. 알겠습니다."

"아직 어린아이입니다."

태조인이 말리려 했지만, 철경은 간단히 대답했다.

"위험하진 않을 거요."

그리고 먼저 걸어 나갔다.

태천화는 그를 따라갔고, 아버지에게 말했다.

"걱정 마세요. 나쁜 사람은 아닌 것 같으니까. 다녀오겠습니다.”

태조인은 그런 딸을 걱정스럽게 바라봤지만, 결국 말리지 않았다.

태천화 말대로 자신은 할 일이 많았다.

당장 아버님 약을 준비해야 하고, 청소를 한 후 아이들 저녁 식사를 준비해야 한다. 물론 손님 것들도 챙겨야 했다.

하지만 마음대로 일을 하지도 못했다.

마가르가 계속 쫓아다녔다.

“그거 아는가? 자네도 내 사질이 되는 셈이야. 아, 혹시 내 얘기는 들은 적 있나?”

“네. 아버님께 말씀하셨습니다.”

“다행이군. 일단 내가 말은 편하게 하겠네. 괜찮지?”

“네에.”

“내가 말이야. 며칠 동안 저놈과 같이 다녀서 아는데, 저놈을 너무 믿지 말게.”

“네에?”

“내가 그동안 얼마나 당한 줄 아는가? 좀 들어보게. 내 평생 저놈처럼 버릇없고, 건방진 놈은 처음이야. 무슨 일이 있었는지, 자세히 알려주지.”

그는 굉장히 말이 많았고, 성가셨다.

하지만 태무경은 철경처럼 거절하진 못했다. 쓴웃음을 지으며 들을 뿐이었다.

철경은 정문까지 성큼성큼 걸었다.

태천화는 헐레벌떡 쫓아갔고, 겨우 따라잡았다. 철경은 뒤도 돌아보지 않고 물었다.

"낭인객잔은 어디에 있느냐?"

"이쪽입니다."

태천화는 망설임 없이 길을 안내했다.

낭인객잔은 일종의 중계소였다.

낭인에게 일자리를 소개해 주고, 고객에게 알맞은 낭인을 찾아주었다.

그래서 항상 사람들로 북적거렸다.

철경이 찾아간 곳도 비슷했다.

낭인이 되려는 자, 일을 찾아온 낭인들, 낭인을 구하러 온 손님들로 가득했다.

철경은 이곳에서 혈랑대의 남관우를 만나기로 했었다.

그를 찾기 위해, 일 층부터 둘러볼 생각이었다.

그런데 입구에 들어가기도 전에, 익숙한 목소리가 들렸다.

"철경 대협, 이쪽이오. 이쪽으로 오시면 됩니다."

남관우의 목소리였고, 그가 이층에서 소리치고 있었다.

사실, 남관우는 이틀 전에 격이목에 도착했었다.

낭인객잔에 방을 쉽게 얻어, 지금까지 철경을 기다리고

있었다.

다행히 일행 중 한 명이 창문을 보다가 철경을 발견했고, 소리친 것이다.

철경은 태천화와 함께 이 층으로 올라갔다.

방에는 남관우를 비롯하여, 젊은 남녀가 함께 있었다.

"하하. 쉽게 만나서 다행입니다. 하긴 철경 대협은 독특한 외모 때문에 어딜 가나 쉽게 찾을 수 있겠습니다."

"……."

"아, 이쪽은 저희 혈랑대의 자랑인 폭혈검과 백의나찰입니다. 워낙 큰돈을 들고 오다 보니 불안해서 같이 왔습니다. 하하하."

"폭혈검 진운태요."

"곽우영입니다."

이립 전후로 짐작되는 외모였고, 풍기는 기운은 일류 이상이었다.

철경도 입을 열었다.

"철경이오. 이쪽은……."

"태전문의 태천화입니다. 철경 사숙의 사질이라 생각하시면 됩니다."

태천화가 얼른 나서서 자신을 소개했다.

"오오. 철경 대협도 문파의 일원이군요. 그런데 태전문이라고요?"

"네. 그런데 철경 사숙은 태전문이 아니라, 진천문으로……."

"그만."

철경은 낮게 말했고, 태천화는 입을 다물었다.

"함부로 나서지 말거라."

"아, 넵. 죄송합니다."

둘의 분위기가 서먹해지자, 남관우가 다시 나섰다.

"하하하하. 오랜만에 만나서 제가 깜박했군요. 철경 대협은 쓸데없는 얘기를 싫어하시죠? 현상금부터 드리겠습니다."

곽우영에게 눈치를 줬고, 그녀는 탁자 밑에서 작은 상자를 꺼냈다.

남관우는 상자를 열면서 설명했다.

"화천백에 걸려 있는 현상금이 더 올랐더군요. 무림맹과 다른 문파들이 칠십만 냥을 걸었고, 화산파에서 사십만 냥을 걸었습니다. 그래서 총 백십만 냥을 받았는데, 저희 몫을 제외하고 구십구만 냥을 가져왔습니다. 구십만 냥은 대륙전장의 전표로 준비했고, 나머지 구만 냥은 금으로 준비했으니, 사용하기 편하실 겁니다."

그 말에 태천화는 눈이 번쩍 떴다.

난생 처음 보는 큰돈이었다.

반면 철경은 한 번 쳐다본 후에는 관심도 두지 않았다.

"고맙소."

"하하. 저야 돈 받고 하는 일이니까요. 아, 그리고 이건 청해표국의 도방진 총표두가 전해달라고 한 돈입니다. 청해표국에서 며칠 동안 낭인으로 일을 하셨잖습니까? 그것에 관한 급여 같습니다. 그리고 자신들의 목숨을 구해줘서 고맙다고, 꼭 전해달라고 하셨습니다."

두둑한 돈주머니까지 건네주었다.

무게로 보아, 약속된 금액보다 많이 넣은 것 같았다.

철경은 역시 말없이 받았다.

"하하하. 정말 좋은 거래였습니다. 혹시 다른 일로 저희가 필요하시면 언제든지 불러주시면……."

그러자 철경이 대답했다.

"그쪽을 고용하고 싶소."

그 말에 혈랑대 세 사람은 서로를 바라보았다.

이렇게 빨리 요청을 할 줄은 몰랐었기 때문이다.

대주인 남관우가 진지하게 물었다.

"혹시 의뢰를 하시는 겁니까?"

"그렇소."

"으음. 본래 낭인을 고용하실 때는 낭인객잔을 이용하셔야 합니다만."

"……."

"하하. 친분이 있는 경우에는 바로 의뢰를 받기도 합니다. 어떤 의뢰인지 여쭤봐도 될까요?"

철경은 미리 생각해 왔기에 망설임 없이 대답했다.

"며칠 동안 태전문에 머물면서, 사람을 지키는 일이오."

"지켜야 할 사람은 몇 명인가요?"

"어린아이 둘, 어른 넷이오."

"며칠이라 하셨는데, 정확한 기한을 말씀해 주시면 도움이 됩니다."

"일단 한 달이고, 상황에 따라 더 길어질 수도 있소."

"으음."

사실 남관우는 급하게 처리해야 할 일이 있었다.

그래서 철경과 헤어지면 바로 떠나려 했었다.

'하지만 철경과 연을 맺어서 나쁠 건 없지.'

머릿속으로 계획을 수정하는 사이, 철경이 추가적으로 말했다.

"가능한 절정 고수 한 명, 일류 고수 다섯 명, 이류 열 명 정도면 좋겠소. 일은 오늘부터."

철경은 흑곰파 놈들이 다시 올 수 있으니, 대비책을 세우고 싶었다.

그런데 옆에서 듣고 있던 곽우영이 투덜거렸다.

"세상 물정을 모르는 사람이군."

철경은 그녀를 바라봤다.

"무슨 뜻이오?"

"낭인 중에 절정 고수가 흔한 줄 알아요? 일류 낭인은 마찬가지고요. 지금 당장 객잔에 가서 수배해 보세요. 얼마나 구할 수 있는지."

"구하기 힘들단 소리요?"

"시간이 있으면 구할 수 있겠죠. 하지만 지금 당장은 무리예요."

"혈랑대는 큰 낭인대라 들었소만."

"우리 혈랑대 낭인들이 전부 놀고 있는 줄 알아요? 다들 바쁘게 일을 하고 있다고요."

그녀의 말은 일리가 있었다. 철경은 자신의 생각이 틀렸음을 받아들였다.

"이해했소. 그럼 언제부터 가능하겠소? 꼭 혈랑대가 아니어도 좋지만, 믿을 수 있는 사람이어야 하오. 비용은 시세보다 두 배로 지불하겠소."

그의 말을 듣고 곽우영은 조금 놀랐다.

조금 전에는 자신도 잘못을 했었다. 아무리 기분이 나빠도 고객에게 빈정거리는 말투를 사용하면 안 되었다.

그런데 철경은 그걸 알면서도 신경 쓰지 않았다. 심지어 자신의 잘못을 인정하고, 바꾸기까지 했다.

'보기와는 다른 사람이군.'

대주가 관심을 보이는 이유를 알 것 같았다.

그리고 그가 제안하는 조건 역시 객관적으로 만족스러

웠다.

곽우영은 조금은 친절한 말투로 설명했다.

"그 정도 인원을 꾸리려면, 최소 열흘은 필요해요. 그런데 인원이 꼭 한 번에 다 들어가야 하나요? 우선적으로 두세 명 넣어주고, 다른 인원이 선별될 때마다 충원해 주면 안 될까요?"

"가능하오."

남관우가 끼어들었다.

"그럼 잘됐군. 곽우영, 이번 일은 자네가 맡게."

"네에? 제가요?"

곽우영은 깜짝 놀라 되물었다.

남관우는 고개를 끄덕였다.

"자네 전공이 호위잖아. 경험도 많고, 이곳 근처를 조사했으니, 동향이나 지리도 잘 알테고. 이번 일에 적격이야."

"하지만 대주. 잊었습니까? 처음 파사찰 일을 따온 사람이 저라고요. 그런데 저를 빼겠다고요?"

"파사찰 일이 하루 이틀 내로 끝날 것 같은가? 최소 일이 년은 잡아야 해. 그리고……."

그리고 그녀에게 전음을 보냈다.

[그리고 파사찰은 이곳에서 말을 타고 하루 거리에 있잖아. 네 경공이면 두 시진이면 갈 수 있지.]

즉 가까이 있으니, 그쪽 동향까지 파악할 수 있다는 뜻이다.

"으음. 그렇긴 하지만……."

곽우영은 고민에 빠졌다.

안그래도 폭혈검 진운태가 이번 일에 갑자기 끼어들어 신경이 쓰였다.

'다 차려놓은 밥상에 딴 놈이 숟가락 얹는 것도 싫은데, 심지어 빠지라니.'

이러다가 밥통을 뺏기는 건 아닌지 걱정스러웠다.

그걸 아는지 모르는지, 진운태는 실실거리며 웃고 있었다.

곽우영은 대답이 없자, 남관우는 다시 말했다.

"좋아. 그럼 딱 열흘만 철경 대협을 도와줘. 그 안에 다른 녀석을 찾아서 데려올 테니까. 그리고 열흘 후, 다시 이쪽으로 합류하면 되잖아."

"진짜죠?"

"그래. 그리고 지금 우리가 할 일은 사람을 찾는 일이잖아. 이건 중요하지도 않고, 네가 없어도 할 수 있어."

"나중에 저와 제 조원 모두 합류시켜 줘야 합니다."

"알았어. 내 이름을 걸고 약속하지."

그제야 곽우영의 표정이 풀렸다.

남관우는 철경에게 말했다.

“들으셨겠지만, 이 친구가 호위 쪽 전문가입니다. 그리고 같은 조원까지 합쳐서 다섯 명을 바로 보내드리겠습니다. 그리고 나머지 인원은 열흘 안에, 순차적으로 준비하도록 하겠습니다.”

“고맙소.”

그렇게 정리되었다.

남관우는 볼 일이 있다고 먼저 떠났다. 그리고 철경도 곧장 낭인 객잔을 나왔다.

곽우영을 포함한 낭인 다섯 명이 뒤를 따라왔다. 곽우영은 스스로 기분을 풀면서, 물었다.

“휴우. 그래서 태전문으로 바로 가나요?”

“그전에 해야 할 일이 있소. 혹시 이 근처에 무영문 지부가 있소?”

“여긴 없어요. 대신 옆 마을에 있죠.”

주변 조사를 잘했는지, 대답이 곧장 튀어나왔다.

철경은 고개를 끄덕인 후, 이번에는 태천화에게 물었다.

“너는 흑곰파 본거지가 어딘지 아느냐?”

“알고 있습니다.”

“그쪽으로 가자.”

“지금요? 갑자기 왜요?”

태천화가 살짝 겁먹은 투로 물어보자, 철경은 곽우영은

힐끔 본 뒤 말했다.

"그놈이 두고 보자고 했다. 호위가 많으면 상관없지만, 부족하니 먼저 찾아가서 끝을 맺어야지."

태천화는 처음에는 말뜻을 이해 못했다.

그리고 잠시 후 깨달았다.

'맞아. 흑곰이 도망치면서 '나중에 두고 보자고.'라고 소리쳤었지.'

말대로 해석하면, 언제라도 습격할 수 있다는 뜻이었다. 그리고 그걸 대비해서 낭인을 고용하려고 한 것 같았다.

그런데 낭인이 다섯밖에 안 된다고 하니, 지금 그곳으로 가서 끝장을 보겠다는 뜻 같았다.

'흐음……, 그냥 한 말 같았는데.'

언젠가 할아버지가 흑곰에 대해 평가한 적이 있었다.

약자에게는 강하지만, 강자에게는 한없이 약한 자라고 했다.

그런데 철경은 아주 강해 보이니, 당분간은 근처에도 나타나지 않을 것이다.

'하지만 굳이 말할 필요는 없지.'

일단 흑곰이 정말 복수할 수도 있었고, 철경이 어떻게 처리하나 궁금했다.

나중에 이 일을 두고, 흑곰파의 두목인 허종은 훗날 이렇게 회자하였다.

[철경 형님이 그때 나를 찾은 것이, 행운인지 불행인지 나는 아직도 모르겠소.]

허종은 고아로 태어났다.

살아남기 위해서 흑도에 입문했고, 눈치가 빨라 승승장구할 수 있었다.

운도 좋았다.

새외로 도망친 사파 고수를 도와줬는데, 그에게서 괜찮은 무공을 배운 것이다.

비록 오 년도 안 되는 짧은 만남이었지만, 흑도 밑바닥에서는 충분했다.

또 큰 기회가 빨리 찾아왔다. 청해를 대표하는 대문파가 제안을 했다.

직접 처리하지 못하는 일들이 있는데, 그걸 몰래 해달라고 했다.

그런 은밀한 제안을 해주는 대신, 흑곰은 내공을 증진시킬 수 있는 영약과 상급 무공의 비급을 받았다.

허종의 입장에서는 거절할 이유가 없었고, 벌써 십 년째 잘해오고 있었다.

'제기랄. 그놈만 아니면, 이번 일도 잘 끝낼 수 있었는데.'

갑자기 이상한 놈이 나타나서, 무려 이년 동안 준비한 일이 헛수고가 되어 버렸다.

'끄응. 아랫놈들도 내가 겁먹었다고 헛소리를 하던데. 미친 척하고 싸워볼 걸 그랬나? 아니야. 그놈은 위험했어.'

허종은 눈치가 빠르다 못해 특별한 직감이 있었다.

목숨이 걸린 일은 귀신같이 알아챘다.

위험한 상황을 오면 직전에 느낌이 생겼다. 그 직감만으로 몇 번의 죽음을 피했었다.

그 직감이 이번에도 말했다.

그때 덤비면 무조건 죽는다고.

수하들 앞이라 자존심이 상했지만, 목숨만큼 중요하진 않았다.

'그래. 잘했어. 그런 놈은 피하는 게 낫지. 그것보다 그놈이 왜 왔는지 파악하는 게 급한데. 그래야 나도 할 말이 생기고…… 응?'

허종은 자신의 집무실로 들어가려다 흠칫 놀랐다.

검은 그림자가 일렁거렸다.

허종은 옷매무새를 다듬었다. 집무실의 문을 닫고, 조심스레 허리를 숙였다.

"오셨습니까? 백면객(白面客)님."

그림자만 일렁거리던 공간에서 무언가 튀어나왔다.

검은 피풍의를 걸치고, 하얀 가면을 쓰고 있는 남자였

다. 모습이 기괴한데, 목소리는 더욱 기괴했다.

마치 성대를 긁는 듯했다.

"일은? 마무리되었나?"

그 말에 허종은 쉬이 대답하지 못했다. 백면객은 대문파에서 보낸 사람이었고, 자신의 목숨줄을 쥐고 있었다.

허종은 겨우 입을 열었다.

"그게…… 흠흠. 실패했습니다."

"……이유는?"

목소리 자체에는 변동이 없었다. 하지만 분위기가 달라졌다. 은은한 살기가 피어오른다.

허종은 식은땀이 흘렀다.

"이, 이상한 놈이 개입을 했습니다. 곰같이, 아니, 태산만큼 큰 놈이었는데, 갑자기 나타나서는 돈을 주고 그 태전문을 사버렸습니다."

"……자세히."

"그러니까……."

허종은 태전문에 갔던 일을 자세히 설명했다.

물론 매우 주관적인 시점으로 내용을 더했고, 자신이 얼마나 최선을 다했는지 강조했다.

"그놈은 지금 어디 있지?"

"아마도 태전문에 있을 겁니다."

"아마도?"

"그러니까, 정확히 말하면 제가 나올 때는 그 집에 있었습니다. 흠흠…… 그러잖아도 수하들을 시켜서 뭐 하는 놈인지, 어디 있는 지 알아보려고 했습니다. 이틀만 기다려 주시면, 속곳 색깔까지 알아 오겠습니다."

백면객은 가만히 있었고, 허종은 눈치를 살폈다.

"알았다."

"네엡. 이해해 주셔서 감사합니다."

"대신 함부로 나서지 말고 조사만 진행해라. 태전문 일은 본문에 알리고, 다시 지령을 내리겠다."

"넵. 대기하면서 명을 기다리겠습니다."

"그럼 열흘 후에 다시……."

"그건 안 되지!"

그때 둘 사이에 누군가 끼어들었다.

허종은 놀라서 고갤 돌렸고, 그제야 다른 사람을 발견했다.

그는 허종의 의자에 앉아 있었다.

백면객과 대화하느라, 눈치채지 못했었다.

나이는 약관이 넘은 것 같았고, 눈빛이 날카로웠다.

탁자 위에 발을 올리고 몸을 뒤로 반쯤 누운 모습이, 상당히 편안하고 건방져 보였다.

허종은 처음 보는 남자라, 어떻게 불러야 할지 몰랐다.

백면객이 그에게 말했다.

“소문주님. 이번 일은 저에게 맡겨주기로 하셨잖습니까?”

그 소리에 허종은 입을 막으며 놀랐다.

‘소문주? 그럼 사, 사흑파의 소문주인 사조운?’

그 사조운이 여기 있다니.

사흑파는 명실공히 청해제일문파였다.

청해에서는 무소불위의 권력을 가지고 있었고, 무슨 일이든 할 수 있는 문파였다.

그리고 그 사흑파의 하나뿐인 후계자가 눈앞에 있는 사조운이다.

허종은 곧바로 무릎을 꿇었다.

“소, 소문주님을 뵙습니다.”

하지만 사조운은 쳐다보지도 않았다. 그저 백면객에게 물었다.

“우리 사흑파가 언제부터 이렇게 물러 터졌지?”

“…….”

“이 년에 걸쳐 준비한 사업을 한 번에 망쳤어. 그런데 살려준다고?”

“아직 사업이 무너진 건 아닙니다.”

“하지만 죄를 지었으면, 벌을 받아야지. 지금 죽여.”

사조운은 단호했다.

그리고 편안한 표정과는 다르게, 말의 내용은 살벌했다.

듣고 있던 허종은 식은땀이 흘러내렸다.

백면객이 대꾸했다.

“십 년을 넘게 일해 온 사람입니다. 전후 사정을 정확히 파악한 후에 벌을 내려도 늦지 않습니다.”

“이거 이상하군. 백면객아. 이놈이 네 가족이라도 돼? 왜 이렇게 감싸는 거야?”

“…….”

“죄를 지었으면, 벌을 받는다. 간단한 거잖아.”

백면객은 입을 다물었다.

더 이상 말할 필요성을 못 느꼈다. 애초에 말이 통하는 상대가 아니었다.

그는 사조운이다.

누군가의 입장에 대해서는 생각해본 적도 없었고, 오직 주인의 입장에서 옳고 그름만을 판단했다.

무조건 따라야 하는 존재였다.

그렇지 않으면 배신자로 눈밖에 벗어날 뿐이다.

‘결국 그의 말대로 할 수밖에.’

백면객이 허종을 죽일 결심을 하는 순간이었다.

퍼퍼벙.

뭔가 깨지는 소리가 들리면서 눈이 부실정도의 빛덩이가 쏟아졌다.

허종의 짓이었다.

그는 둘의 대화를 듣다가, 상황이 이상하게 흐르는 걸

깨달았다.

'끄응. 이거 분위기가 어째…….'

자칫 이곳에서 죽을지도 모른다는 직감이 들었다. 그래서 엎드린 채, 무릎으로 조금씩 움직였다.

허종은 겁이 많았고, 비상사태에 대비해 여러 가지를 준비해 놓았다.

바닥의 한가운데까지 기어가서는 바닥의 한 부분을 눌렀다.

그러자 준비했던 섬광탄이 터졌고, 두 사람의 시선을 돌리는 데 성공했다.

그리고 그사이 허종은 뚫린 밑바닥으로 뛰어들었다.

사조운은 뒤늦게 허종의 짓임을 깨달았다. 그는 키득거리며 웃었다.

"크큭. 저거 재미있는 놈일세."

"꼭 죽여야 합니까?"

백면객은 다시 물었고, 사조운의 표정이 싸늘하게 변했다. 그는 웃음기를 지우고, 진지하게 말했다.

"두 번 말하게 하지 마라. 백면객. 그때는 너도 배신자라 생각할 테니까."

백면객은 고개를 끄덕였다. 그리고 허종을 쫓아갔다.

허종은 열심히 도망쳤다.

그도 나름 노력했고, 지금은 절정고수였다.

하지만 백면객이 싸우는 걸 딱 한 번 봤었다.

상대는 절정고수 세 명이었는데, 털끝도 다치지 않고 모조리 쓰러뜨렸다.

그때 생각했다.

만약 문제가 생긴다면, 무조건 도망쳐야겠다고.

그리고 지금 그 다짐을 충실히 이행하고 있었다.

"허억. 헉."

부하들을 끌어들여 봤자, 죽는 사람만 늘어날 뿐이다. 그놈들은 백면객의 일초식도 막을 수 없었다.

그래서 아무도 모르는 지하도를 몰래 만들어놓았었다. 이대로 가면 시장 쪽으로 빠져나갈 수 있다.

'역시 비상금을 따로 숨겨두길 잘했어.'

그 돈을 찾아서 이곳을 뜰 생각이다.

중원으로 들어가서 남해까지 내려가거나, 북방의 북해까지 올라간다면, 쫓아오지 않겠지.

지금, 쫓아오는 백면객만 잘 피한다면 승산이 있었다.

그렇게 시장에 도착했다.

행인들이 수십 명이나 돌아다니고, 조금은 안심되었다.

평소 백면객은 사람들 앞에 모습을 보이는 걸 싫어한다.

그러니 여기서는 나타나지 않을 거라 생각했다.

하지만 걸음을 떼기도 전에 등 뒤로 강렬한 기파를 느꼈다.

"제기랄."

본능적으로 몸을 돌리면서 자신에게 익숙한 통천비를 펼쳤다.

콰아앙.

북 터지는 소리가 나면서, 허종의 몸이 날아갔다.

우당탕탕.

"까아악."

"이 사람, 뭐야?"

사람들은 놀라서 소리쳤다. 허종은 벌떡 일어났고, 사람들을 무시하고 앞으로 달렸다.

한쪽 손목이 달랑거리는 것이 부러진 것 같았다.

울컥.

입안에서 핏물도 흘러나왔다.

그래도 멈출 수 없다.

백면객은 보이지 않지만, 어딘가에 숨어서 쫓아올 것이 분명했다.

그전에 안전한 곳을 찾아야했다.

'제기랄. 그런데 안전한 곳이 있을까?'

백면객의 경신술은 귀신과 같다.

그놈의 눈을 피해 몰래 숨는 건, 사실상 불가능했다.

그렇다고 백면객을 이길 수 있는 고수가 있는 것도 아닌데.

"어라?"

기적이 일어났다.

백면객을 이길 만한 고수가 나타난 것이다.

"혀, 형님. 어서 오십시오. 보고 싶었습니다."

그는 철경이었다.

철경은 혼자가 아니었다.

태천화와 곽우영이 옆에 있었다. 나머지 낭인 들은 태전문으로 보낸 직후였다.

그런데 갑자기 흑곰파의 두목, 흑곰이 나타난 것이다.

태천화는 너무 놀라 쓰러질 뻔했고, 곽우영이 그녀를 붙잡았다.

철경은 자연스레 앞으로 나섰다.

그리고 허종을 바라봤다.

놀란 것 같지는 않았다.

그저 무심했다.

허종은 눈치가 빠른 편인데도 도저히 무슨 생각을 하는지 읽을 수 없었다.

그는 철경의 눈치를 살피면서 다시 인사했다.

"저어…… 다시 인사드리겠습니다. 대협."

“…….”

“그러니까, 갑자기 나타나서 놀라셨죠? 하하…… 사실은 제가 태전문을 욕심낸 이유가 있었습니다. 어떤 대문파의 사주를 받아서, 그들이 시킨 대로 한 겁니다. 혹시 어딘지 궁금하시지 않습니까?”

“…….”

그래도 아무런 말도 없자, 허종은 답답함을 느꼈다.

“저를 노리는 자가 있는데, 이번에 도와주신다면 전부 말씀드리겠습니다. 제가 아는 모든 걸요.”

“…….”

“혹시 부족하신가요? 그럼 이건 어떨까요? 이번만 살려주시면, 충성을 다해 모시겠습니다. 제 모든 걸 형님께 바치겠습니다. 원하신다면 흑곰파도 해체하겠습니다. 아니면 모두 이끌고 태전문으로 들어가는 건 어떨까요?”

허종은 답답한 마음에 생각나는 대로 지껄였다.

마침내 철경이 반응을 보였다.

“따라와라.”

철경은 어디론가 걸어갔고, 허종을 서둘러 쫓아갔다. 그리고 태천화와 곽우영도 그들을 따라갔다.

네 사람은 인적이 드문 골목길로 들어갔고, 허종이 철경의 옆에서 속삭였다.

“대협! 사람들이 없는 곳으로 가시면 안 됩니다. 백면객이란 놈이 따라오는데, 무진장 센 놈이라서요."

"……."

"아, 물론 대협의 실력을 의심하는 건 아니지만, 그래도 위험은 피하는 게 좋지 않을까요?"

철경은 허종의 말에 대답하지 않았다. 대신 걸음을 멈추고, 왼쪽을 보면서 물었다.

"당신이 백면객인가?"

아무도 없던 공간에 목소리가 울렸다.

"나서지 마라. 시체만 늘어날 뿐이다."

살기가 실려 있었고, 허공은 놀라서 철경 뒤에 숨었다.

철경은 무표정으로 대꾸했다.

"무시하고 지나가면? 우리를 건들지 않을 텐가?"

눈치 빠른 허공이 먼저 대답했다.

"그럴 리 없습니다. 애초에 태전문을 무너뜨리라고 지시한 사람이 백면객이니까요. 저를 죽인 후에 태전문을 건들겁니다."

"그렇다는군. 할 말 있나?"

백면객은 대답하지 않았다. 태전문 문제는 자신이 결정할 수 없는 사안이다.

"어쩔 수 없군."

좁은 골목의 어두운 곳에서 갑자기 검이 나타났다.

빛에 반사되지 않는 흑검이었다. 그래서 잘 보이지도 않는다.

백면객은 땅을 밟지 않고, 단숨에 날아서 허종의 목을 노렸다.

채쟁.

철경이 어느새 허종의 앞을 막아섰다. 막은 것은 팔이었고, 맨살인데도 멀쩡했다.

채쟁. 쟁. 차앙.

순식간에 십여 초가 흘렀다.

백면객은 귀신같은 경공술로 여기저기 움직였다. 반면 철경은 한 자리에서 묵묵히 검을 받아냈다.

생채기 하나 생기지 않았다.

"대단한 외공이군."

백면객은 뒤로 물러서면서 한마디 던졌다.

단지 외공만 뛰어난 것이 아니었다. 내공이 받쳐줘야 저 정도 수준이 가능했다.

그러더니 갑자기 그의 몸이 하나 둘로 나뉘어졌다. 그러더니 이내 수십 명으로 늘어났다.

환술이었다.

"대협. 조심하십시오."

허종이 소리쳤다.

수십 명의 백면객이 수십 개의 초식을 뿌려댄다. 당하는 사람 입장에서는 천여 개가 넘는 칼날이 날아오는 것 같다.

하나하나 살기가 실려 있었고, 모두가 진짜처럼 보였다. 자칫 허둥대다가 아무것도 못하고, 당할 수도 있었다.

하지만 철경에게는 통하지 않았다.

그의 눈은 황금색으로 반짝였고, 그들 중 단 하나의 백면객을 정확히 발견했다.

콰직.

진짜 백면객의 공격을 막으면서 반격까지 선보였다.

"크흑."

백면객은 상당히 놀라면서 물러났다.

무림에 출도한 이후, 이렇게 빠른 시간 내에 환술이 깨진 적은 처음이었다.

게다가 분명 흑검으로 주먹으로 막았는데, 검이 휘어지면서 튕겨났다.

그 정도로 힘과 내공이 충만했다.

한쪽 팔이 탈구되었고, 이대로 싸우다간 필패였다.

"너어, 기억해 두지."

백면객은 짧게 말한 뒤, 물러났다. 바닥의 그림자로 스며들었고, 이내 사라졌다.

철경은 그를 쫓아가려다 포기했다.

한눈에 봐도 경공이 대단했다.

쫓아가도 잡기 힘들고, 그것보다 전후 사정을 파악하는 일이 먼저였다.

그는 허종에게 말했다.

"따라와라."

그렇게 네 사람은 태전문으로 돌아갔다.

철경은 작은 방을 빌렸다. 그리고 허종과 단둘이 들어갔다.

서로 마주 보고 가만히 앉아 있었다.

아무 말도 하지 않았다. 그냥 쳐다보았다.

그러자 허종은 불편해서 몸을 가만두지 못했다. 결국 먼저 입을 열었다.

정말로 알고 있는 모든 것을 쏟아내기 시작했다.

한참을 들은 후에, 철경이 입을 뗐다.

"사흑파가 시킨 일이라고?"

"네. 그렇습니다."

사흑파라면, 철경도 알고 있었다.

문도 수만 이천 명이 넘어가는 대문파였다. 그런 곳에서 왜 태전문을 노리는 걸까?

그것도 흑곰파를 통해 간접적으로.

"이유는?"

"정확한 이유는 정말로 모릅니다. 하지만 제가 짐작하기로, 이 근방은 무림의 구대문파 중 하나인 곤륜파 구역이거든요. 사흑파는 사파니까, 대놓고 넘어오지 못한 것 같았습니다.”

“태전문의 땅을 산 후에는 뭘 하려고 했지?”

“그것도 잘 모릅니다. 아마도 세력 확장이 아닐까요?”

이쯤 되니, 궁금한 것이 더 늘어났다.

이 일대는 대부분이 황야였고, 이쪽으로 세력을 확장할 이유가 없기 때문이다.

아무래도 정보가 더 필요했다.

똑똑.

태천화가 문을 두드렸다.

“사숙. 저녁 식사 준비가 되었습니다. 와서 식사하세요.”

철경은 일어섰다.

배가 고프진 않으나, 방금 들은 내용을 사람들에게 알릴 필요는 있었다.

“저어, 대협. 저는요?”

반면 허종은 배가 고팠다.

그래서 불쌍한 눈으로 철경을 바라봤지만, 철경은 무시하고 방을 나섰다.

그리고 목소리가 들렸다.

“따라와라.”

“가, 감사합니다.”

허종은 굽실거리며 철경을 따라갔다.

식당에는 이미 많은 사람들이 나와 있었다.

낭인 다섯 명이 있었고, 두 명의 아이들과 태무경, 마가르, 자타르 의원까지, 총 열 명이었다.

하지만 분위기는 좋지 않았다.

마가르가 투덜거렸다.

"아니, 감자 몇 개로 누구 입에 풀칠하라는 거야?"

"죄송합니다. 사숙님."

"쯧쯧. 아무리 돈이 없어도 그렇지. 명색이 손님인데, 이게 뭐야?"

태무경은 부끄럽다는 듯 고개를 숙였다.

사람은 열 명이 넘는데, 탁자 위에 음식은 부족했다.

감자와 칡 같은 풀뿌리가 전부였다.

낭인들도 말은 하지 않았지만, 불만인 얼굴이었다. 그리고 모두 집 주인인 태무경을 탓하는 분위기였다.

그것을 지켜보던 태천화가 소리쳤다.

"음식 부족한 게 왜 우리 아빠 잘못이에요? 여기 계신 손님들은 우리가 초대한 것도 아니잖아요?"

그녀의 말이 맞았다.

집주인이 부른 적은 없었다.

"그리고 미리 말하지만, 낮에 흑곰파 사람들이 나타나서 땔감도 부족해요. 방이 조금 차가울 수 있으니까, 알아두세요.”

태천화는 선언하듯 소리쳤고, 때마침 철경과 흑곰이 나타났다.

분위기는 더욱 어색해졌다.

자타르 의원이 철경에게 말했다.

“돈을 조금 푸는 게 어떤가? 자네가 데려온 손님들이니, 책임을 져야지.”

철경은 탁자 위의 음식을 보더니, 품속에서 돈주머니를 꺼냈다.

태천화에게 던지며 말했다.

“먹을 것을 사 오너라.”

“정말요? 어떤 걸 사 올까요?”

“알아서 적당히.”

태무경이 나섰다.

“제가 갔다 오겠습니다.”

“그쪽에겐 할 말이 있소. 대신 낭인 두 명이 같이 갔다 오면 좋겠소.”

곽우영은 고개를 끄덕였고, 수하 두 명을 지목했다. 그리고 철경은 흑곰에게 말했다.

“너는 가서 땔감을 준비해라.”

“제가요? 밥은요?”

“끝나면 먹는다.”

흑곰은 불만이 많았지만, 눈치 빠르게 일어섰다.

"하하. 그렇죠. 저 때문에 땔감 준비를 못 했으니, 제가 준비하는 게 맞죠. 얼른 다녀오겠습니다. 그래도 혹시…… 그들이 쫓아오진 않을까요?"

허종은 겁먹어서 물었다. 철경은 다시 곽우영을 쳐다봤고, 그녀는 다른 낭인 두 명을 그에게 붙여주었다.

식당에는 마가르와 자타르 의원, 곽우영, 태무경만 남았다.

철경은 그들에게 허종에게 들은 내용을 알려주었다.

자타르 의원은 사흑파를 모르니, 뚱한 얼굴로 있었다.

반면, 마가르와 태무경, 곽우영은 입을 딱 벌리며 한마디씩 했다.

"사실입니까?"

"어렵겠군요."

"사흑파라니. 제기랄. 그럼 당장 도망쳐야지."

마가르는 엉덩이를 들썩이며 제일 크게 소리쳤다. 철경은 그들에게 말했다.

"이 지역은 곤륜파 영역이오. 사흑파가 하루 이틀 내 금방 쳐들어오진 않을테니, 순차적으로 일을 처리하겠소."

"으음."

그래도 마가르는 불안한지 앉지 않았다. 철경은 태무경에게 물었다.

"이 집을 포기할 수 있소?"

"네에?"

"사흑파가 원하는 건 태전문이오. 정확히는 문파의 땅을 원하지. 그럼 땅을 주고 물러나면 간단하오.."

"그, 그렇죠. 당연히 떠날 생각이 있습니다. 어제 대협님께 집을 판 이후부터 떠나려 했습니다."

"잘됐군. 그럼 자타르 의원님. 태조인 사숙의 상태는 어떻습니까?"

자타르는 곤란한 얼굴로 대답했다.

"그게 참 요상한데…… 내상은 다 나은 것 같고, 몸에 큰 이상도 없어. 그런데 깨어나지 않으니, 원인을 찾기 힘들더군."

"치료가 불가능하다는 뜻입니까?"

"뭐, 원인을 알 수 없으니까."

태무경은 기대를 하지 않았음에도, 실망스러워했다. 그런데 자타르는 머리를 긁적이며 말을 이었다.

"으음. 사실 오후 내내 고민했는데 말이야. 한 가지 생각이 떠올랐거든. 그런데 이게 확실치가 않아서, 말을 할까 말까 망설였다네."

"뭡니까?"

자타르 의원은 옛 기억을 떠올리며 설명했다.

"이 이야기부터 해야겠군. 내 사부님은 정확히 말하면

의원이 아니야. 운남에 있는 독전문의 제자였지."

독전문은 사천당문, 절독곡과 더불어 중원 삼대 독문의 하나였다.

그만큼 독에 관해서는 손에 손꼽히는 문파였다.

"무슨 일인지 모르지만, 새외까지 쫓겨났고 우리 마을에 정착하셨지. 나는 그분께 의술을 배웠는데, 사실 독물에 관해서 더 많이 배웠어."

물론 시간이 흐르면서 대부분 잊어버렸다고 한다.

"하지만 아직 기억나는 것도 있는데. 사부님께서는 한 번씩 운남에 서식하는 요상한 벌레나 식물, 동물들에 대해 이야기해 주셨지. 신기한 것들이 참 많았거든. 아무튼 그중 '자면충'이라는 놈이 있어. 혹시 고독(蠱毒)이라고 아는가?"

고독은 무고(巫蠱)라고도 불리며, 벌레(蟲)를 말한다.

보통은 사람이나 동물의 몸속에서 기생하는 벌레인데, 독문에서는 이를 개조하여 금제의 수단으로 사용했다.

대표적으로 금장고독(金蠶蠱毒)이 있었다.

중독되면 천만 마리의 독벌레가 살점을 파먹는 고통을 겪는다 하여 그 이름을 붙였다.

사용법도 까다로웠다.

고독의 암수 한 쌍을 배양하여 키워내고, 암컷이나 수컷을 통제하려는 대상에게 주입한다. 그리고 통제 대상이 배반하려는 기미가 보인다면, 주입하지 않은 나머지 고독을 이용하여 상대에게 고통을 줄 수 있는 것이다.

“자면충도 고독입니까?”

“고독(蠱毒)의 한 종류지. 암수가 있는 건 아니네. 그런데 기생하는 위치가 애매해. 사람의 머릿속에 자리를 잡거든.”

자타르 의원은 자신의 이마를 가리켰다.

“여기 어디라고 하던데……. 아무튼 깊숙한 곳에 자리를 잡고, 뇌의 양분을 빨아먹지.”

“자면충 때문에 못 일어난다는 뜻 같군요.”

“그렇지. 자면충이 뇌에 박혀 있는 동안에는 의식이 없어. 일종의 가사 상태에 빠지는 거지.”

“그것만으로 자면충이라고 의심하는 겁니까?”

“아니야. 한 가지 더 있어. 따라와 봐.”

자타르 의원은 태조인이 누워 있는 방으로 향했다.

철경과 다른 사람들은 그를 따라갔다.

5장

어두운 밤에 보니, 태조인은 더욱 말라 보였다.

자타르 의원은 태조인을 옆으로 돌려, 목뒤를 가리켰다.

"자세히 보면, 목뒤에서 머리 쪽으로 올라가는 보라색 선이 보일 거야. 자면충이 올라간 흔적이지."

그의 말대로 태조인의 목뒤에는 보라색 자국이 있었다.

태무경이 물었다.

"혹시 자면충을 없앨 수도 있습니까?"

자타르 의원은 곤란하듯 중얼거렸다.

"그게…… 방법이 있긴 한데, 여기서는 어려워. 도구가 필요하거든."

"어떤 도구입니까? 제가 무슨 일이 있어도 구해오겠습니다."

"가장 좋은 방법은 자면충이 스스로 나오도록 유인하는

거야. 운남의 원주민들은 운남에서만 나는 약초를 태워서 유혹한다고 하더군. 그리고 독전문에서는 기이한 소리가 나는 피리를 사용한다고 들었어."

전부 운남에 있는 물건이라 구하기 어려웠다.

그때 마가르가 불쑥 물었다.

"그냥, 피부를 조금 찢어서 손으로 빼내면 안 돼?"

"표피에 있으면 그렇게 할 수 있지 하지만 자면충은 굉장히 작은 벌레고, 머리 깊숙한 곳에 숨어 있어. 단단한 두개골을 뚫고 들어가서 뇌 속을 후벼팔 순 없잖아. 그러다가는 환자가 죽을 테니까."

강제로 빼내긴 사실상 불가능하다고 했다.

마가르가 투덜거렸다.

"칫. 운남에 있다는 자면충이 왜 청해까지 온 거야?"

"그렇지. 이렇게 먼 곳까지 자면충은 스스로 올 일은 없지. 온도에 상당히 민감한 녀석이거든."

"그럼? 아, 인간이 가지고 왔겠구나."

"보통 고독은 인간이 강제로 주입하지."

"그럼 어떤 인간이 이런 짓을 한 거지?"

태무경이 화를 내며 대꾸했다.

"사흑파 놈들이겠죠. 그놈들이 이 땅을 탐내고 있잖습니까?"

"지나가던 고수한테 당했다면서?"

"사실 제가 그 고수가 누군지 백방으로 찾아봤지만, 결국 찾지 못했습니다. 이름 모를 고수가 갑자기 나타나서 아버님을 쓰러뜨렸다니, 이상하지 않습니까?"

"으음. 확실히 이상하긴 하지."

"분명합니다. 비겁한 놈들. 철경 문주님. 조금 전에 제가 한 말을 취소하겠습니다. 이대로 물러날 수 없습니다. 끝까지 집을 나가지 않고 버티면서……."

"진정하시오."

태무경이 너무 흥분하자, 철경이 나섰다.

"하지만……."

"사흑파가 그랬다고 확신하시오? 자식의 목숨을 걸고?"

그 말에 태무경은 머뭇거렸다.

"그건 아니지만 정황상……."

"지금 상황에서는 확실히 밝혀진 것만 정리합시다."

"그래. 그리고 나도 오래전에 생각나서 이야기한 거야. 정말로 자면충인지 확신이 없어."

자타르 의원도 한마디 거들었다.

그런데 철경이 생각지도 못한 말을 했다.

"자면충은 맞는 것 같소."

"그게 무슨 말인가?"

"머릿속에 벌레가 있으니까."

철경은 태조인의 머리를 가만히 보면서 물었다.

"만약 벌레를 꺼내는 것이 아니라, 뇌 속에서 죽이면 어떻소?"

"자면충을? 머릿속에서? 으음. 죽일 수 있으면 죽이면 좋지. 그런데 비듬보다 작은 벌레야. 무작정 침으로 쑤신다고 죽일 수 있는 게 아니야."

"……."

"혹시 내공으로 죽이려고? 그것도 쉽지 않을 거야. 뇌 속이라, 조금만 잘못 건드려도 병신이 된다니까."

그러자 철경은 솥뚜껑만 한 손을 내밀었다.

"가늘고 긴 침을 하나 주시오."

"진짜로 하려고? 진심이야?"

자타르 의원뿐만이 아니었다. 태무경과 마가르 역시 말렸다.

그러거나 말거나 철경은 계속 손을 내밀었다.

자타르 의원은 결국 자신의 침통에서 침을 꺼냈다. 머리카락보다 가는 침이었다.

"자네는 무림인이니까, 진기를 살짝 넣으면 사용할 수 있을 거야. 하지만 정말 조심해야 돼. 머리의 표피를 지나면, 단단한 뼈가 있는데, 침이 잘 들어가지 않을 거야. 그리고 말랑말랑한 뇌가 있는데, 정말 조금만 잘못 건드려도, 바로 죽을 수 있고, 병신으로도 만들 정도로 위험한……."

자타르는 의원은 걱정스러운 얼굴로 주저리주저리 떠들

었다.

하지만 철경은 신경 쓰지 않고, 손을 움직였다.

그의 눈은 황금빛으로 반짝였고, 아무런 망설임도 없이 침을 찔렀다.

머리 한가운데 푸욱 넣었고, 거의 손바닥 길이만큼 들어갔다. 그리고 눈 깜짝할 사이에 침을 뽑아냈다.

정말 순식간에 벌어진 일이었다.

"이놈이 자면충인가 보군."

철경은 침의 끝을 보고 중얼거렸다.

그 말에 자타르 의원은 눈을 부릅뜨며 다가왔다.

침의 끝에는 아주 작은 벌레가 꽂혀 있었다. 정말 눈으로 식별하기 어려울 정도로 작은 놈이다.

세 사람은 너무 놀라서 입을 쩌억 벌어졌다.

"뭐, 뭐야! 벌써 끝났어?"

"어떻게 한 건가? 어떻게 이놈을 한 번에 찾은 거야?"

"정말 자면충입니까?"

금륜안으로 뇌 속을 살펴보고 찾은 거지만, 철경은 대답하지 않았다.

그것보다 더 놀라운 일이 벌어졌다.

"으으음."

낮은 신음 소리가 들리더니, 태조인의 안색이 서서히 변했다.

살짝 붉어지면서, 깨어나고 있었다.

"어떻게 이런 일이……."

"이제 의원께서 맡아주시오. 나머지는 나갑시다."

철경이 자타르 의원에게 부탁했고, 나머지를 데리고 방을 나왔다.

사람들은 철경을 괴물처럼 바라보았다.

철경은 이번엔 마가르를 따로 불렀다.

마가르는 투덜거리면서 따라갔다.

"나는 갑자기 왜? 밥도 아직 안 먹었다고."

"우리 일을 마무리 지을 거요."

마가르는 무슨 뜻인지 생각하다가, 둘 사이의 거래를 떠올렸다.

"설마 돈? 백만 냥?"

철경이 고개를 끄덕이자, 마가르는 잇몸이 만개하도록 웃었다.

"으하하하. 정말로 그걸 준비했다는 말이지?"

배가 고픈 건 잊어버렸다. 이젠 안 먹어도 배가 불렀다.

마가르는 앞장서서 걸으며, 철경을 재촉했다. 곧 두 사람은 철경의 숙소에 도착했다.

철경은 백만 냥을 든 상자를 마가르에게 보여주었다.

남관우에게 받은 현상금 구십구만 냥과 구로카에서 빌린 돈 일만 냥.

이제 그의 수중에는 일만 냥만이 남았지만, 아까운 기색은 전혀 없었다.

마가르는 눈앞에 있는 돈을 보고, 입을 다물지 못했다.

"이, 이게 정말 백만 냥이라고?"

"궁금하면 세어보시오."

마가르는 허겁지겁 다가가서, 정말로 돈을 세었다. 돈이 너무 많아서 세는 데 시간이 걸렸지만, 어떤 불만도 표하지 않았다.

지금까지 겪었던 고충이 모두 사라지는 느낌이었다.

철경은 그가 돈을 셀 동안 기다려 주었다.

"흐흐흐. 맞네. 백만 냥."

"그럼 이제 약속을 지키시오."

"무슨 약속? 아아, 구결. 당연히 줘야지. 불러줄까? 아니야. 써주는 게 낫겠지?"

마가르는 그답지 않게 부드러운 말투로 물었다.

철경은 고개를 끄덕였고, 탁자 위를 가리켰다. 태천화에게 말해 미리 붓과 종이를 준비해 두었었다.

마가르는 두말 않고 적기 시작했다.

"흐흐흐. 내가 아는 모든 구결을 적어주지. 대략 반나절

정도 걸릴 거야."

"좋소. 나는 잠시 나갔다 오겠소."

"마음대로 하시게. 흐흐흐."

마가르는 이 돈으로 뭘 할까? 고민하면서 웃었다.

자신도 모르게 웃음이 새어 나왔다.

그는 열심히 구결을 적었고, 그 사이 철경은 곽우영을 찾아갔다.

그녀는 태전문을 둘러보고 있었다.

만약 사흑파가 쳐들어온다면 어떻게 오고, 탈출을 어떻게 할지 등을 고민하고 있었다.

철경이 다가가자, 심각하게 대꾸했다.

"아, 그렇지 않아도 따로 말씀드릴 게 있었어요."

"먼저 말하시오."

"설마 사흑파와 연관된 일인지는 몰랐네요."

"나도 몰랐소. 만약 계약 파기를 원하면 그렇게 해 주겠소."

"아니요. 그럴 순 없죠. 거짓말하신 것도 아니고, 보수도 합당하니까요. 다만 이 집은 방어를 하기에 좋지 않습니다. 가능한 빨리 떠나시는 걸 추천 드려요."

이미 계약을 했으니, 끝까지 진행하겠다는 의미였다.

철경 입장에서는 귀찮은 일을 덜 수 있어 다행이었다.

"그러잖아도 그 일 때문에 묻고 싶은 것이 있소. 무영문 위치를 안다고 들었는데, 안내해 주시오."

"갑자기 무영문요? 이 밤중에요?"

"무영문은 시간에 구애받지 않고, 의뢰를 받는 걸로 알고 있소."

"그렇긴 하지만……. 알겠어요. 오늘 바로 공격하진 않을 테니까, 차라리 지금이 낫겠네요."

하지만 한밤중에 옆 마을까지 가야 하니, 피곤한 일이었다.

"다만 야간 수당은 두 배입니다."

"알겠소."

그렇게 철경과 곽우영은 태전문을 떠났다.

짜악.

백면객의 고개가 살짝 돌아갔다.

가면이 반쯤 벗겨지려 했고, 백면객은 말없이 가면을 고쳐 썼다.

사조운은 백면객의 뺨을 때린 후에 다시 의자에 앉았다.

"휴우. 요새 문파 기강이 정말로 무너졌어. 감히 사흑파 무사가 적이 무섭다고 도망을 치다니."

"……."

"그놈이 그렇게 무서웠나? 도저히 이길 수 없을 것 같아서 도망친 거야?"

"무서워서가 아닙니다."

"그럼 뭐야? 생각보다 강했다며? 손까지 부러지고 똥개마냥 기어와 놓고선."

"끝까지 싸웠다면, 제 무공을 모두 드러내야 했을 겁니다. 그럼 저희 사흑파가 이곳에 있다는 걸 알리는 꼴이 될……."

"X발. 다 변명이야."

백면객은 입을 다물었다.

몇 번이고 느꼈지만, 사조운은 말이 통하는 상대가 아니었다.

"방별대를 불러. 그 새끼들을 갈아버려야겠다."

"방별대를…… 말입니까?"

"왜? 손이 부러져서 그것도 못 하겠어?"

"재고해 주십시오. 곤륜파의 눈과 귀가 이곳에 있습니다. 정말 우리 존재가 알려질 수 있습니다."

"하아. X발. 내가 이 부분을 이해 못 하겠다니까. 왜 우리가 곤륜파 말코들을 무서워해야 하는데?"

"……."

"우린 사파 최강 사흑파라고!"

콰아앙.

사조운은 주먹으로 탁자를 내려쳤다. 탁자는 박살이 났

고, 그의 몸에서 화기가 일렁였다.

백면객은 어쩔 수 없이 고개를 숙였다.

"알겠습니다. 소문주님. 방별대를, 부르겠습니다."

사조운을 말릴 수 있는 사람은 한 명밖에 없었고, 그분은 지금 이곳에 없었다.

그럼 시키는 대로 할 수밖에.

꼬박 두 시진을 달렸고, 겨우 옆 마을에 도착했다.

그나마 두 사람 모두 경공이 뛰어났기에 가능한 일이었다.

'허억. 헉. 뭐 이런 괴물 같은 남자가 다 있어?'

곽우영은 짜증 난 얼굴로 철경을 바라봤다.

사실 그녀는 경공에 자신 있었다. 경공만큼은 대주인 남관우보다 뛰어나다고 생각했다.

그리고 철경은 너무 크니까, 경공이 느릴 거라 예상했다.

실상은 달랐다.

철경은 덩치에 안 맞게 빨랐고, 기민했다. 무엇보다 대단한 것은 지구력이다.

두 시진을 전력을 다해 뛰었는데, 땀 한 방울 흘리지 않았다. 어쩌면 자신 때문에 속도를 조절했을지도 모른단 생각이 들었다.

왠지 자존심이 상했다. 퉁명스럽게 말했다.

"바로 여기예요."

포목점 앞이었다.

정문은 닫혀 있었고, 뒤쪽에 쪽문이 있었다.

지키는 사람도 없고, 문을 건드니 쉽게 열렸다. 곽우영은 철경을 그쪽으로 안내했다.

어두운 소로(小路)를 걸었고, 작은 호수가 나타났다.

그리고 작은 정자도 보였다.

"여기서 기다리면 사람이 올 겁니다."

일각 후에 실제로 사람이 나타났는데, 키가 작은 노인이었다.

그는 곽우영과 안면이 있는지 그녀를 반겼다.

"오오. 곽우영 여협. 오랜만에 찾아주셨군요."

"매군. 오랜만이에요. 건강하시죠?"

"하하. 저야 쓸데없이 나이만 먹고 있지요. 그런데 이분은 누구십니까?"

"이번에 제 의뢰인입니다. 무영문에 의뢰가 있다고 하시더군요."

매군이란 노인은 철경을 바라봤다.

철경은 품속에서 무영문의 패를 꺼냈다. 매군의 눈빛이 변했다.

"호오. 이건 우리 무영문의 것이군요. 신강에서 발급한 것 같은데요."

"그렇소."

"으음. 이 패는 함부로 주는 물건이 아닌데. 아무튼 좋습니다. 의뢰하고 싶은 내용은 무엇인가요?"

"두 가지 있소. 먼저 신강의 지부장에게 의뢰했던 것이 있소. 그 결과물을 나에게 가져다주시오."

"실례지만 의뢰인의 성함이 어떻게 되시나요?"

"철경이오."

매군은 고개를 끄덕인 후, 다시 물었다.

"두 번째 의뢰는요?"

"사흑파에 대해 조사해 주시오."

"사흑파에 대한 조사라…… 굉장히 광범위한 의뢰로군요."

"격이목에서 태전문과 흑곰파 사이에 분쟁이 있다는 건 아실 거요."

"알고 있습니다."

"그럼 나에 대해서도 알고 있을 텐데."

철경은 가만히 쳐다보았고, 매군도 가만히 있었다.

그런 상태에서 시간이 흘렀다.

한 식경이나 지나면서 곽우영은 하품을 했다. 지겨워서

한마디 하려고 했는데, 그전에 매군이 입을 열었다.

"허허허. 젊으신 분이 인내심이 대단하시군요. 알겠습니다. 제가 먼저 사실대로 말하지요."

무영문은 주변 정세에 관해서는 수시로 관찰한다.

그래서 흑곰파에서 태전문을 삼키려 했고, 한 사람 때문에 무산된 것까지 알고 있었다.

그리고 지금 그 한 사람, 철경에 대해 조사하고 있었다.

철경도 입을 열었다.

"그 후에 흑곰파의 두목 흑곰이 쫓기고 있었소. 흑곰파의 뒷배였던 사흑파가 죽이려 한다더군."

"호오. 그런 일이 있었습니까?"

매군은 흥미롭다는 듯 들었다.

어제저녁에 벌어진 일이라, 거기까지는 알지 못했다.

"사흑파가 흑곰파를 내세워, 태전문을 삼키려 했소. 사흑파가 곤륜파의 영역까지 침범하면서 노린 이유가 있을 거요. 그것을 조사해 주시오."

"흐음. 재미는 있겠지만, 쉽진 않겠군요. 사흑파 같은 대문파는 저희도 조심스럽거든요."

"할 수 있는 데까지만, 조사해 주시오."

"알겠습니다."

"비용은?"

매군은 잠깐 생각한 후 답했다.

"사흑파에 관한 것은 비용이 제법 나올 겁니다. 오만 냥 정도는 생각해 주셔야겠습니다."

철경은 고개를 끄덕였고, 품속에서 남은 일만 냥을 꺼냈다.

"계약금이오."

"호오. 계산이 정확한 분이군요. 마음에 듭니다. 아아. 잠깐만요."

매군은 잠깐 자리를 비웠다. 그리고 얇은 책자를 가지고 돌아왔다.

"일단 이걸 먼저 드리겠습니다. 저희가 가지고 있던 사흑파의 기본 정보입니다. 아, 덤으로 드리는 물건이니 편안하게 보십시오."

장사를 잘하는 노인이었다.

철경은 일어서려다, 다시 입을 열었다.

"하나만 더 물어봅시다."

"말씀하시지요."

"청해에서 개파하기 괜찮은 장소가 있소?"

매군은 의미심장한 미소를 지었다.

"혹시 태전문을 옮기시려는 겁니까?"

"큰 비가 내리는데, 굳이 맞을 필요는 없으니까."

"현명하신 선택입니다. 흐음. 운이 좋으시군요. 평소라면 최소 삼 일은 걸릴 내용이지만, 이 정보는 바로 드릴 수 있습니다. 사실 다른 문파의 의뢰로 개파장소에 대해 조사한 적이 있거든요."

"비용은?"

"큰돈을 내셨는데, 이건 무료로 알려드리겠습니다. 부디 저희 무영문을 많이 이용해 주십시오."

그는 한 곳을 지명했고, 이유도 알려주었다.

철경은 그것을 가만히 들은 후, 무영문을 떠났다.

다시 격이목으로 달렸다.

역시 쉬지 않았고, 한시진이 넘어갈 때쯤 마침내 곽우영은 손을 들었다.

"이봐요. 잠깐만요. 허억. 헉."

철경은 발걸음을 멈추었다. 곽우영은 헐떡거리며 말했다.

"헉헉. 안 되겠어요. 조금만 쉬었다 가요."

철경은 고개를 끄덕였고, 곽우영은 바닥에 드러누웠다. 그 정도로 힘든 건 오랜만이었다.

그동안 철경은 매군이 준 것을 펼쳤다.

사흑파 전체에 대한 내용뿐 아니라, 문주나 소문주, 장로 등 중요 인물들에 대해서도 짧게 언급되어 있었다.

철경은 빠른 속도로 읽었다.

곽우영은 누워 있다가, 잠시 후 입을 열었다.

"덕령합(德令哈)에 가 본 적이 있어요."

덕령합은 조금 전 무영문의 매군이 추천해준 장소였다.

철경은 힐끔 바라봤고, 곽우영은 누운 채로 중얼거렸다.

"깨끗하고 조용한 곳이죠. 그리고 매군의 말도 맞아요. 사흑파와 곤륜파의 접경지역이고, 관의 힘이 센 곳이라 큰 문파가 없어요. 작은 문파를 개파하기에는 좋은 장소죠."

"……."

"다만 관리와 사이가 좋아야 할 겁니다."

철경은 가만히 듣다가 말했다.

"다 쉬었으면, 갑시다."

"끄응. 완전 괴물이라니까."

두 사람은 다시 달리기 시작했다.

인시(寅時).

제일 어둡고, 새벽이 오기 직전의 시간이었다.

일단의 무리가 밤하늘 아래를 달렸고, 하나같이 병장기를 소지하고 있었다.

선두에는 사조운, 바로 뒤에 백면객이 있었는데, 둘을 따르는 이들이 사흑파의 자랑거리, 방별대였다.

사흑파의 문도 중에서도 특히 뛰어난 자들을 모아놓은 일종의 별동 조직이었다.

그들이 멈춘 곳은 태전문의 앞이었다.

사조운이 중얼거렸다.

"으음. 그놈이 얼마나 대단한 놈인지 기대되네."

그리고 손을 가볍게 휘둘렀다.

콰아앙.

정문이 단번에 부서지면서 날아갔다. 백면객이 고개를 숙이며 그를 말렸다.

"소문주님. 지금 저희는 사흑파를 대표하여 온 것이 아닙니다. 주위의 눈을 조금만 신경 써주십시오."

"아아, 그렇지. 내가 조금 흥분했네. 킥킥."

그는 장난스럽게 대꾸했다.

역시 이대로는 통제가 안 된다. 앞으로 또 무슨 짓을 저지를지 걱정되었다.

백면객은 어쩔 수 없이 마지막 수단을 꺼냈다.

"이번 일이 잘못되면, 문주님께서 질책하실 수 있습니다."

사조운의 장난스러운 표정이 금세 굳어졌다. 잔뜩 짜증 난 어투로 대꾸했다.

"야. 백면객. 진짜 죽고 싶어? 여기서 아버님 얘기가 왜 튀어나오지?"

"제 목숨보다 사흑파가 더 중요하니까요."

"X발. 그럼 내 기분은? 굉장히 더러워졌잖아. 이건 어떻게 감당하려고?"

"저에게는 문주님께서 지시하신 임무가 더 우선입니다."

"하아. 이런 꼴통 새끼."

사조운은 한숨을 푹 쉬며 중얼거렸다.

"예전부터 느끼지만, 백면객 너는 사회생활을 진짜 못해. 그거 알지?"

"죄송합니다."

그사이 태전문 안에서 사람들이 나왔다. 그리고 태전문 밖에서도 웅성거리는 소리가 들렸다.

마을 사람들까지 몰려오고 있었다.

사조운은 잠깐 고민하다가 계획을 바꾸었다.

본래 여기 있는 사람들을 전부 죽일 생각이었다. 그럼 목격자가 없을 테니까.

하지만 흥이 깨져 버렸다.

사조운은 짜증을 내며 백면객을 노려봤다.

"야. 이번에는 네가 이겼다. 하지만 너는 또 한 번 찍힌 거야. 알아둬라."

"넵, 감사합니다."

사조운은 태전문 안으로 들어갔다. 태전문 사람들이 나와 있었고, 태무경이 대표로 물었다.

"당신들은 어디서 왔소? 혹시 사흑파요?"

"호오. 그것을 알고 있으면 말이 쉽겠군. 사흑파가 맞아."

사조운은 대답하면서 태전문의 사람들을 하나하나 살폈다.

하지만 백면객과 싸웠다던 놈은 없는 것 같았다. 기껏해야 낭인 몇 명 있었고, 나머지는 싸울 가치도 없는 것들이다.

"휴우. 정말 기운 빠지네. 그놈 어디 있어? 덩치가 산만큼 크다는 놈."

태무경이 서둘러 말했다.

"그 사람은 여기 없습니다. 새벽에 떠났습니다."

"어디로?"

"저희도 모릅니다."

"흐음."

태무경이 다시 말했다.

"먼저 말씀드릴 것은 있습니다. 저희는 사흑파 일인지 몰랐습니다. 만약 알았다면, 이곳을 팔고, 당장 떠났을 겁니다."

"호오. 그래?"

"사흘만 여유를 주시면, 저희 태전문은 이곳을 떠나겠습니다."

더 이상 돈이 문제가 아니었다.

가족의 목숨이 걸려 있었고, 사흑파는 너무 거대했다. 도저히 싸울 만한 곳이 아니었다.

사조운은 아무 말 없이 땅만 바라보았다. 겉으로는 무슨 생각을 하는지 알 수 없었다.

시간은 계속 흘렀고, 태전문 밖에 웅성거리는 소리가 커졌다.

백면객이 사조운을 불렀다.

"소문주님."

"아씨. 기다려 봐. 생각하고 있잖아."

그의 생각에 따라, 태전문은 물론, 근처에 사는 일반인들의 목숨이 달려 있었다.

태전문 사람들은 긴장된 얼굴로 사조운만 바라보았다.

그때 철경은 태전문의 지붕 위에 있었다.

기척을 숨기고 지켜보았고, 옆에 있는 곽우영이 전음을 보냈다.

[가만히 있을 건가요?]

철경 역시 무슨 생각을 하는지 알 수 없었다.

가만히 사조운만 바라보고 있었다.

천금 같은 시간이 흘렀다.

드디어 사조운이 입을 열었다.

"좋아. 태전문은 삼 일 안에 이곳을 떠나라. 그리고 우리 사흑파가 왔다는 건 비밀이다. 만약 소문이 퍼지면, 너희 짓인 줄 알고 쫓아가서 다 죽여 버리겠다."

"알겠습니다. 감사합니다."

자신들의 터전에서 강제로 쫓아내려는 작자들이다. 전혀 감사할 일이 아니었다.

하지만 태무경은 이렇게 말을 해야만 했다.

"돌아가자."

사람들이 태전문 바로 밖에서 서성였고, 사조운을 비롯하여 사흑파는 일제히 태전문을 빠져나갔다.

휘익. 휙. 휘익.

그들이 빠져나가자, 태전문 사람들은 안도의 한숨을 쉬었다.

"휴우. 다행이군."

"그런데 진짜 철경 놈은 어디 간 거야?"

마가르가 투덜거렸고, 태무경은 밖에 있는 사람들을 안심시켰다.

"아무 일도 아닙니다. 잠시 비무가 있었던 것뿐이니, 돌아들 가세요."

그리고 지붕 위에서 모든 상황을 지켜보던 곽우영도 한숨을 쉬었다.

그녀는 옆에 있는 철경에게 말했다.

"다행이네요. 우리도 이제 내려가죠. 응?"

그런데 철경이 없었다.

조금 전까지 바로 옆에 있었는데, 어느새 사라져 버렸다.

사조운은 멀리 가지 않았다.

근처 산속에서 멈추었다. 그리고 방별대를 본대로 돌려 보냈다.

백면객은 남으려 했지만, 사조운이 거절했다.

“야. 너도 꺼져. 짜증나니까.”

“어디로 가시는지만 알려주시겠습니까?”

“와아. 이 새끼가 정말 선을 넘네. 내가 너에게 일일이 보고 해야 하냐?”

“소문주님의 안전을 위해서…….”

“한마디만 더 하면 정말 죽여 버린다.”

진심이 섞여 있는 짜증이었다.

결국 백면객은 고개를 숙이고, 자리를 떠났다.

전부 보낸 후, 사조운은 혼자가 되었다. 그는 반대쪽으로 걸어갔다. 그러면서 갑자기 소리쳤다.

“공선. 술이 땡긴다. 근처에 괜찮은 기루 있나?”

그러자 그의 귓가로 전음이 들렸다.

[산을 하나 넘어가면, 매화루라는 기루가 있습니다.]

“야. 나와서 말해. 전음 보내기도 짜증 나니까.”

사조운의 뒤쪽 나무에서 한 사람이 나타났다. 흑색 무복을 입고, 얼굴까지 가린 그는 일종의 그림자 무사였다.

사조운을 숨어서 보호하는 존재였다.

“화가 많이 나신 모양이군요.”

“백면객 그 새끼, 조만간 죽이고 만다. 내가.”

"원하시면 제가 방법을 찾아보겠습니다."
"그래. 찾아봐."
"알겠습니다."
이어서 공선이 물었다.
"그런데 소문주님. 태전문 인물들은 정말 살려두실 겁니까?"
"내가 미쳤냐? 그런 것들을 살려둘 리 없잖아."
"그럼 어떻게 할까요?"
사조운은 냉혹하게 말했다.
"일단 그 덩치를 추적해 봐. 어디로 갔는지는 확실히 알아내."
"알겠습니다."
"그리고 태전문 놈들은 떠날 때까지 기다렸다가, 마을을 벗어나면 다 죽여. 애새끼 할 것 없이 전부."
"넵. 조치를 취하겠습니다."
그제야 사조운은 기분이 풀린 것 같았다.
"그래. 이렇게 고분고분 시키는대로 따르면 얼마나 좋아."
"백면객, 그놈이 재수가 없긴 하죠. 문파 내에서도 싫어하는 이들이 제법……."
퍼억.
공선은 말을 끝맺지 못했다.
머리에 큰 충격을 받으면서 즉사했다.

사조운은 놀라서 고개를 돌렸다.

그림자 무사는 오장 뒤에 있었는데, 지금 그 자리에 낯선 사람이 서 있었다.

철경이었다.

스르릉.

사조운은 자신의 검을 뽑으며 물었다.

"넌 뭐냐?"

"네가 찾던 사람."

"호오. 네놈이구나. 백면객과 싸웠다는 놈이…… 그런데 어떻게 여기에 있지? 혹시 태전문에서 따라온 건가?"

"……."

"내가 누군지는 알고 있나?"

철경은 가만히 있었고, 사조운은 자신도 모르게 꿀꺽 침을 삼켰다.

"나를 건들면 너와 태전문은 지상에서 사라지는 거야. 알아들어?"

명백한 협박이었다.

본래 사조운은 이런 성격이 아니었다.

말보다 주먹이 앞서고, 마음에 안 드는 놈이 있으면 죽이고 본다.

그래야 직성이 풀렸다.

그런데 이번에는 그러지 못했다.

일단 공선이 너무 쉽게 죽었다.

아무리 방심을 했다지만, 그는 절정고수였다. 그런데 너무 쉽게 죽었다.

게다가 철경을 보자마자 느껴졌다.

저놈은 다르다.

단순히 덩치만 큰 것이 아니라, 사람을 주눅 들게 하는 무언가 있었다.

반면 철경은 사조운을 신경 쓰지 않았다.

그의 말은 듣는 둥 마는 둥 하면서, 그림자 무사 옆에 쭈그려 앉았다. 그리고 시체를 뒤척이며 뭔가를 찾고 있었다.

스르릉.

그가 찾은 것은 그림자 무사의 검이었다. 그것을 이리저리 살피면서 중얼거렸다.

“나쁘지 않군.”

“너, 뭐 하냐?”

철경은 검을 들어 사조운을 가리켰다.

“너를 죽여야지.”

“이 미친 새끼가 뭐라는 거야? 내 말 못 들었어? 내가 바로 대 사흑파의 소문주라고!”

"알아. 그래서 죽이는 거야."

철경의 표정을 보고 깨달았다.

그는 사흑파에 대해 알고 있었다. 그럼에도 불구하고 조금도 겁을 먹지 않았다.

'뭐지? 바보인가?'

아니면 사흑파 몰래 죽일 수 있다고 생각하는 건가?

아니다. 그건 불가능하다.

싸우면 반드시 흔적이 남을 테고, 최근에 행적부터 조사할 것이다.

그럼 태전문은 용의선상에 벗어날 수 없다.

사흑파의 복수는 집요하고 잔인했고, 가족을 포함해 모든 것을 잃을 수 있었다.

그래서 다들 사조운을 피해다닌다.

아무리 강하고 똑똑한 놈이라도 한 수 접고, 고개를 숙일 수밖에 없었다.

그런데 대놓고 죽이겠다고?

사조운은 답답해서 이 상황을 설명해 주고 싶었다. 하지만 철경은 그럴 기회조차 주지 않았다. 그가 먼저 달려들었다.

쉬이익.

빠르다.

덩치에 어울리지 않게 몸이 가벼웠고, 검법 또한 상당히 빨랐다. 그리고 은은하게 노란빛이 번쩍였다.

'이건, 뇌기?'

이상했다.

백면객에게 들은 것과 달랐다.

그의 말에 따르면, 아무리 때려도 생채기 하나 나지 않을 정도로 대단한 외공을 지녔다고 했다. 그리고 묵직한 내공을 가졌는데, 목(木)기를 바탕으로 둔 것으로 짐작한다고 했다.

그런데 뜬금없이 뇌기라니?

'설마 다른 놈인가?'

지지짓.

"크윽."

다른 생각을 할 여유가 사라졌다.

검이 부딪치는 순간, 몸이 경직되고 충격이 밀려왔다. 분명한 뇌기였다.

"이익. 화룡승천."

사조운은 화령진검을 처음부터 펼쳤다.

사흑파를 지금의 위치로 올려준 상승무공이었다.

검에서 불길이 피어오르며 온몸을 감쌌다. 그리고 마치 용이 승천하듯 날아올라 철경을 덮쳤다.

하지만 철경의 몸을 태우기에는 부족했다.

그을림도 하나 생기지 않았고, 철경은 아무 문제 없이

불길을 헤쳐 나왔다.

'외공이 뛰어난 것은 맞아.'

채앵. 챙.

콰직. 화르르르.

둘의 싸움은 점점 치열해졌다. 그럴수록 화마와 뇌기가 숲속을 번지고 주변은 엉망이 되었다.

자칫 산불이 날 수도 있었는데, 둘의 승패는 금방 드러났다.

사조운의 재능은 나쁘지 않은 편이고, 절정 고수 중에서도 최상 수준이었다.

하지만 경험이 부족했다.

단순히 누군가와 싸우고, 죽인 경험이 아니라, 죽음을 앞두고 치열하게 겨룬 경험.

자신의 초식이 계속해서 막히고, 상대의 살기가 무서워질 때, 그 답답한 경험이 없었다.

그래서 철경과 싸우면서 점점 투지가 사라졌다.

어쩌면 질 수도 있다는 생각을 하면서, 이를 악물고 싸우는 것보다 도망을 생각하게 된 것이다.

'안 되겠어. 일단 달아났다가 후일을 도모하는 거야. 난 여기서 죽을 수 없잖아. 나는 곧 사흑파의 수장이 될 몸이라고.'

계속 도망칠 곳을 찾고 있었다.

하지만 그럴수록 상처가 더 늘어났다. 철경은 그를 놓아 주지 않았고, 집요하게 들러붙었으니까.

그리고 사조운은 믿을 수 없는 걸 목격했다.

"선전화영?"

화령진검의 일곱 번째 초식이었다.

바로 그 초식을, 지금 철경이 구사하고 있었다.

그것도 단순히 따라 하는 것이 아니라, 내공의 운용까지 완벽했다. 또 이번에는 뇌기가 아니라 화기의 성질을 가진 내공을 사용했다.

서걱.

얼마나 놀랐는지, 사조운은 피하지 못했다. 어깨가 살짝 베였고, 살이 타는 냄새가 났다.

"이익. 넌 누구냐!"

사조운은 당황했고, 결정적인 실수가 발생했다. 철경은 그걸 놓치지 않았고, 마침내 사조운의 가슴에 검을 찔러 넣었다.

푸욱.

"크흑. 너, 너어…… 어떻게……."

사조운은 죽는 것도 억울했지만, 의구심이 더 컸다.

어떻게 이 녀석이 우리 사흑파의 검법을 알고 있을까?

물론 철경은 대답하지 않았다.

대신 사조운을 완전히 죽이기 위해 목을 한 번 더 끊었다. 그리고 주위를 둘러보면서 검을 더 휘둘렀고, 마치 일부러 흔적을 남기려는 것 같았다.

그 순간 사조운은 깨달았다.

의식이 사라지기 직전에 철경의 속셈을 조금은 이해했다.

'안 되는데. 자칫하면 우리 사흑파에 분열이…….'

하지만 말을 뱉지는 못했다. 그저 억울하고 안타까워서 눈을 감지 못했다.

❀

사조운의 시체는 정확히 이틀 후, 방별대에 의해 발견되었다.

백면객도 함께였고, 그의 옆에는 검은색 가면을 쓴 자도 있었다.

그는 백면객의 동료인 흑면객이다.

흑면객은 사조운의 시체를 보더니, 한숨을 쉬었다.

"휴우. 결국 가장 최악의 사태가 벌어졌군."

"그런 셈이지."

"으이구. 그냥 술이나 처먹고 자빠져 있음 얼마나 좋아? 왜 여기에 이렇게 죽어있는 거야?"

백면객은 진지하게 말했다.

"문주님에게는 내가 알리겠다."

"그래. 귀에 피나도록 잔소리 듣겠구나. 아니, 이번에는 팔 한 짝이라도 내어 줘야 할지도 모른다."

"문주님이 원하신다면 그렇게 해야지."

"고지식한 놈."

백면객은 전서구로 연락하기 위해 서신을 준비했다. 그걸 보더니 흑면객이 물었다.

"분명 용의자가 있는지 물어볼 텐데, 생각해 둔 놈이라도 있어?"

"처음 소문주님이 죽었단 얘길 들었을 때 한 놈이 생각났었다."

"누구? 아아, 혹시 흑곰을 데려갔던 그 덩치?"

"그래. 그놈이라면 소문주님을 죽일 수 있고, 그럴 만한 이유도 충분했으니까."

"그런데 왜? 아니야?"

백면객은 주위를 둘러보면서 중얼거렸다.

"이곳에 싸운 흔적과 소문주님의 사체에 난 흔적을 보면 알 수 있어. 그는 아니다."

"자세히 말해봐."

"내가 싸운 녀석은 목(木)기를 사용하는 놈이었어. 화기나 뇌기는 아니었지."

소문주의 그림자 무사를 죽인 방법은 지법으로 예상했고, 다친 피부가 검게 그을린 것으로 보아, 화기나 뇌기 쪽의 내공을 사용했다.
흑면객이 물었다.
"그놈이 목기를 사용한다는 것, 확신해?"
"팔 할 정도는 확신한다. 그리고 가장 중요한 점은, 외부인이 화령진검을 사용할 리 없어."
"그건 그렇지."
화령진검은 사흑문의 문주, 사하기의 독문무공이었다.
그의 아들과 제자들에게만 전수해 주었고, 그 수는 다섯이 넘지 않는다.
그런데 사조운의 사체에 화령진검의 흔적이 남아 있었다.
"그럼 역시, 사하종 쪽을 살펴야 하나?"
"아무래도……."
"피바람이 불겠군."
사하종은 문주 사하기의 친동생이었다.
사조운에게는 숙부가 되며, 사조운이 죽으면, 제일 이득을 보는 사람이었다.
문주 사하기에게는 다른 자식이 없기 때문이다.
"하지만 이상하잖아. 사하종이 바보가 아닌 이상, 대놓고 이런 짓을 할 리 없을 텐데."
"그래. 어쩌면 누군가 누명을 씌우려는 것일 수도 있지."
"제삼의 세력인가? 끄응. 머리 아프다. 머리 아파."
그들은 사흑파 내의 세력이나, 사흑파를 노리는 삼의 세력이 끼어든 것이 아닌가 의심했다.

그러면서 철경의 존재는 의식 뒤편으로 보낸 지 오래였다. 물론 태전문도 아예 잊어버렸다.

그 시각, 태전문은 떠날 준비를 끝냈다.

철경이 자타르 의원에게 물었다.

"태조인 사숙은 어떻소?"

"오랫동안 침상에 누워 있었잖아. 근력이 부족해서 걷기는 힘들어."

"이동은 할 수 있소?"

"그 정도는 가능하지. 자면충에 대한 부작용도 없는 것 같고, 마차만 있으면 출발하는 데는 문제 없어. 아, 하지만 사두마차 정도는 있어야 해. 진동을 줄여야 몸에 부담을 주지 않으니까."

"내일 새벽에 짐수레와 같이 올 거요."

그때 태무경이 둘 사이를 끼어들었다.

그는 철경에게 고개를 숙이며, 정중하게 말했다.

"철경 대협. 도와주셔서 정말 감사드립니다. 진심입니다."

수레와 마차를 비롯하여, 이사할 준비를 모두 철경이 지불했다.

철경은 그것도 모자라 자신이 가지고 있는 돈, 모두를 태무경에게 주었다.

태무경은 깜짝 놀랐다.

"정착하기 괜찮은 곳을 찾았지만, 거리가 제법 있소. 거기까지 이동하고, 또 정착하려면 돈이 더 필요할 거요."

"아닙니다. 저도 염치가 있지, 어떻게 돈을 더 받겠습니까?"

"받으시오. 그래야 내 일을 끝낼 수 있으니."

철경은 억지로 돈을 건네주었다.

그리고 아직 침상에 누워 있는 태조인을 만나러 갔다.

그는 생각보다 멀쩡해 보였다.

안색은 붉고 편안했으며, 눈빛이 또렷했다.

그는 마가르와 대화를 하고 있었는데, 철경이 들어오자 반쯤 몸을 일으켰다.

"진천문의 문주께 인사드리오."

태조인은 문주에 대한 예의를 지키려했다. 그러자 마가르도 눈치를 보다가 고개만 살짝 끄덕였다.

철경은 태조인에게 물었다.

"제가 여기까지 와서, 사숙을 도와준 이유가 있습니다."

"사형에게 들었소. 내가 알고 있는 진천문의 무공이 필요하다고요?"

"맞습니다."

"미리 준비해 두었소."

태조인은 침상 옆에 있던 다섯 개의 서적을 내밀었다.

"내가 알고 있는 진천문의 무공을 모두 적었소. 그리고 맨 뒤에 있는 것은 내가 태전문을 세우면서, 깨달은 무리요. 읽어보면 도움이 될 거라 생각됩니다."

그가 가진 모든 것이라 할 수 있었다. 그런데도 담담히 건네주었다.

실제로 태조인은 이 무공이 전혀 아깝지 않았다.

철경은 자신의 생명을 구해주었으며, 아들과 손자 손녀까지 도와준 은인이라 생각했다.

"혹시 읽다가 궁금한 것이 있으면 언제든지 찾아오시오. 성심껏 답해드리겠소."

"고맙습니다."

"흠흠. 나도 여기 있다."

마가르 역시 품속에서 두 권의 책을 꺼냈다.

꽤 두꺼웠고, 며칠 동안 밤새워 준비한 것이었다.

"고마워할 필요는 없고, 그저 약속만 지켜라. 알고 있지?"

"나중에 따라오시오."

"흐흐흐."

철경은 태조인에게 다시 물었다.

"자면충에 대해서 묻고 싶은 것이 있습니다."

"그러잖아도 계속 고민했소. 그런 끔찍한 벌레가 언제

내 몸속에 들어왔는지…….”

“의심 가는 사람이 있습니까?”

태조인은 고개를 저었다.

“오 년 전 나와 싸운 놈은 검은 가면을 썼었소. 그리고 짧은 도를 사용했는데, 이런 짓을 할 사람으로는 보이지 않았소. 결정적으로 그에게 졌던 날은 몸은 아프지만, 정신은 멀쩡했었소.”

“그 이후에는 어땠습니까?”

“내 기억으로는 스무날 정도는 괜찮았던 것 같소. 피육이 상해 뛸 순 없어도 걸을 수 있었고, 대화도 했으니까. 그 후에 기억이 없소이다.”

“으음.”

아무래도 자면충에 대해서는, 당장 해결할 수 없을 것 같았다.

사실 지금 철경에게는 그렇게 중요한 요소도 아니었다.

마가르가 둘의 눈치를 보면서 물었다.

“자아, 얘기가 끝났으면, 이만 일어서지. 우리 일도 마무리 지어야 하지 않겠나?”

“그럽시다.”

철경은 자신의 숙소로 향했고, 마가르는 그를 졸졸 따라갔다.

철경은 전에 보여줬던 작은 상자를 열었다.

"여기 있소. 살펴보시오."

마가르는 지난번에도 새었지만, 다시 한번 황금과 전표까지 계산했다. 그리고 만족스럽게 웃었다.

"후후후. 틀림없네. 백만 냥이 확실해."

"그럼 이제 우리 사이에 거래는 끝났소. 인정하오?"

"인정하네."

마가르는 상자를 들고 나가려 했다.

그런데 갑자기 철경이 상자 위에 손을 얹었다.

가져가지 못하게 막은 것이다.

마가르는 짜증나는 말투로 물었다.

"이건 무슨 뜻이지?"

"첫 번째 거래가 끝났으니, 두 번째 거래를 해봅시다."

"뭐뭣? 두 번째 거래?"

마가르는 입에 거품을 물 정도로 놀랐다.

"그게 무슨 말이야? 두 번째 거래라니?"

"진천문 제자들에게는 한 가지 의무가 있소. 가진 재산의 반을 기부해야 하오."

"기, 기부라니?"

말도 안 되는 소리였다.

과거에도 지금도 그런 문규나 문칙을 들어본 적도 없었다.

"나도 한때 진천문의 제자였었다. 그걸 잊었냐? 나는 단 한 번도 그런 내용을 들어본 적이 없어."

"그럴 수 있소. 사숙이 나가고 만들어진 규칙이니까."

사실은 철경이 방금 만든 문규였다.

정확히는 마가르가 말도 안 되는 돈을 요구할 때부터 생각했었다.

마가르는 당연히 펄펄 뛰었다.

버럭 소릴 지르며 삿대질까지 했다.

"야이 미친 새끼야. 갑자기 왜 지랄이야? 기부라니? 세상에 어떤 제자가 재산을 반이나 기부해?"

"싫으면, 진천문을 떠나시오."

"그래. 말 잘했다. 내가 누누이 말했지? 나는 진천문이라면 질색하는 사람이야. 누가 진천문 제자하고 싶대?"

"그럼 이제 진천문의 제자가 아니군. 맞소?"

"다, 당연하……."

마가르는 잠깐 망설였다.

뭔가 이상함을 느낀 것이다. 아니나 다를까 철경에게서 은은한 살기와 냉기가 느껴졌다.

"진천문의 문도가 아니라면, 당장 이 돈을 가지고 나가시오. 아니, 이제 존댓말 할 필요도 없겠군. 당장 꺼져라."

"뭐, 뭐라고?"

“아, 그리고 되도록 돈이 많다는 걸 숨기는 게 좋겠군. 자칫 길거리에서 죽을 수도 있으니까.”

이건 뭐지? 협박인가?

꼭 나중에 돈을 뺏겠다는 소리로 들리는데.

그런데 생각해 보니, 철경의 말이 틀린 것도 아니었다.

현재 자신은 늙었다. 그리고 무공을 잃어버린 거지였다. 갑자기 백만 냥이란 큰돈이 생겼지만, 이걸 지켜낼 수 있을까?

세상의 쓴 맛을 맛본 마가르였다.

세상 누구도 믿을 수 없었다.

‘호위무사를 고용해도 그들에게 배신당할 수 있잖아. 끄으응.’

마가르는 한참을 고민했고, 마침내 고개를 끄덕였다. 그래도 믿을 만한 놈이 철경이었다.

“좋아. 알았다. 진천문의 제자로서 가진 돈의 반을 내어놓으마.”

“잘 생각했소.”

마가르는 상자에서 열었다. 전표를 꺼내어 반으로 나누려 하는데, 철경이 다시 막았다.

“자아, 이제 세 번째 거래를 해봅시다.”

“아, 쓰벌. 또 뭔데?”

“정확히는 거래라기보다는 계산이 맞겠군. 내가 당신을

구했잖소. 그 대가를 내놓으시오."

"내 목숨값?"

"정확하오."

마가르는 잔뜩 인상을 구겼다. 다시 한참을 고민했고, 어렵게 물었다.

"만약 내가 거부하면?"

"간단하지. 내가 줬으니, 다시 가져가야 하지 않겠소?"

"나를 죽이겠단 소린가?"

철경은 고개를 저었다.

"문주로서 제자를 죽일 순 없지. 나를 만나기 전의 상태로 만들어줄 생각이오. 아주 간단하지."

즉 죽기 직전의 상태로 만들어준다는 뜻이었다.

그 말이 더 끔찍했다.

마가르는 침을 꿀꺽 삼켰다.

"자, 잠깐만. 그건 좀 너무하지 않은가?"

"전혀. 내가 살려주지 않았다면, 그대로 죽었을 테니까. 나는 합당한 방법이라 생각하오."

설마 진짜 그렇게 할까?

그래도 사숙인데?

마가르는 철경의 눈치를 살폈다. 그러자 철경이 담담이 물었다.

"내가 못할 것 같소?"

그는 표정이 없었다.

마가르도 나름 사람들을 많이 만나봤다. 하지만 이 정도로 표정이 굳은 놈은 처음이었다.

눈동자는 얼음같이 단단했고, 도저히 무슨 생각을 하는지 알 수 없었다.

결국 마가르는 손을 들었다.

"끄으응. 그래서 얼마나 내면 되는데?"

"거꾸로 물어보겠소. 목숨값이 얼마나 되시오?"

"그건……."

일천 냥 정도로 말하고 싶었으나, 낮게 말하자니 자존심이 상했다.

"한 일만 냥 정도?"

"정확히 사십구만 냥이오."

"야이, 도둑놈아."

마가르는 비명을 지르듯, 소리쳤다.

사십구만 냥이라니?

일만 냥을 제외하고 다 내어놓으라는 소리였다.

그것도 말 몇 마디로 다 가져가다니. 도둑놈도 이런 날도둑놈이 없었다.

철경은 슬그머니 주먹을 쥐면서 물었다.

"싫으면 거절하든가."

마가르는 거의 울면서 소리쳤다.

"이 썩을 빠질 놈아. 크흐흑. 네 마음대로 해라."

그는 상자에서 정확히 일만 냥만 가지고 방을 나갔다. 너무 억울해서 자신도 모르게 눈물이 나왔다.

쿵.

"꺄악."

그런데 나가면서 문 밖에 있던 사람과 살짝 부딪쳤다.

태천화였다.

마가르는 눈이 촉촉한 채로 그냥 가버렸고, 태천화는 부딪친 어깨를 주무르며 중얼거렸다.

"아파라. 그런데 사숙조는 뭔가 슬픈 일이 있으신가, 우시는 것 같은데."

그리고 철경의 방으로 들어오면서, 철경에게 물었다.

"왜 저러세요? 마치 전재산을 뺏긴 사람처럼?"

"신경 쓸 것 없다. 그런데 너는 웬일이냐?"

"아아, 말씀드릴 것이 있어서요."

"말해라."

태천화는 조심스럽게 말했다.

"흠흠. 그게, 허종이 사라졌어요."

"허종?"

"어제 사숙이 데려온 흑곰 말이에요. 오늘 아침에 보니까 없어졌더라고요."

"그런가?"

철경은 아무렇지도 않게 대답했다. 그러자 태천화는 걱정스럽게 말했다.

"아무래도 도망친 것 같은데요."

"네가 신경 쓸 거 없다."

실제로 철경도 그를 신경쓰지 않았다.

그런데 태천화의 반응이 이상했다. 용무가 끝났는데도 나가지 않았다. 발끝으로 바닥을 툭툭 치면서 문 앞에서 서성였다.

철경이 물었다.

"할 말이 있느냐?"

"네에. 잠깐만 시간을 주세요."

태언화는 기다렸다는 듯, 철경 앞에 앉았다. 그리고 며칠 전부터 고민해 왔던 말을 꺼냈다.

"사숙님. 부탁이 있습니다."

"나는 네 사숙이 아니다."

"왜요? 우리는 동문이잖아요."

"정확히 너는 태전문 소속이지, 나는 진천문의 문주이고."

다소 차가운 말투였다.

태전문은 진천문의 속가라 생각할 수도 있지만, 진천문에서 허락해 준 적이 없었다.

철경은 냉정히 선을 그었다.

하지만 태천화는 아랑곳하지 않았다.

"에이. 넓게 보면 한 집안이잖아요."

"……."

"그래서 말인데 무공 좀 가르쳐 주세요."

마치 빌려간 돈을 돌려달라는 투로 가볍게 얘기했다.

그리고 철경이 입을 떼기도 전에, 그녀가 다시 말했다.

"미리 말씀드리지만, 저는 머리도 좋고 무공에 대한 재능도 있습니다. 또 밤낮을 가리지 않고 노력할 의지도 있고요. 흔히 말하는 깡도 있습니다."

그녀는 자신 있게 소리쳤다.

하지만 철경은 일말의 고민도 없이 대꾸했다.

"거절한다."

"왜요?"

"난 지금 누굴 가르칠 만한 상황이 아니다."

그것이 끝이었다.

태천화가 계속 말을 걸어도 대꾸하지 않았다. 그리고 그녀가 나가지 않자, 아예 철경이 밖으로 나가 버렸다.

"사, 사숙님."

태천화가 애타게 불렀지만, 철경의 모습은 보이지 않았다.

태천화가 찾고 있던 허종은 새벽에 태전문을 빠져나왔

다. 그리고 현재는 진포객잔으로 달려가고 있었다.

자신의 전 재산이 그곳에 있기 때문이다.

'좋아. 숨겨둔 돈만 찾아서, 이 마을을 뜬다. 아주 먼 시골로 가서 조용히 사는 거야. 아무리 사흑파라도 거기까지 쫓아오진 않겠지.'

아쉬운 부분도 있었다.

피 끓는 젊은 나이에 무공도 절정을 넘어섰겠다, 이제 겨우 무림이란 곳에서 이름을 날리나 싶었는데.

앞으로 골방 늙은이처럼 숨어 살아야 하다니.

'할 수 없지. 목숨이 더 중요하니까.'

사조운이 태전문으로 왔을 때, 그가 하는 말을 다 들었다.

분명 태전문이 마을을 떠나면, 살려준다고 했지만, 그의 말을 믿지 않았다.

사조운이 어떤 놈인지 알기 때문이다. 그는 잔혹하고, 이기적이고, 자신의 말을 쉽게 바꾼다.

사흑파 밑에서 일을 할 때도, 그를 주의해야된다는 말을 심심찮게 들었었다.

'분명 다시 태전문을 찾아올 것이다. 몰래 와서 하나도 빠짐없이 다 죽일 거야. 그래야 직성이 풀리는 성격이니까.'

그래서 도망쳤다.

더 이상 태전문은 안전하지 않다. 철경이 대단하다고 한들, 청해제일 사흑파에 비할 바는 아니었다.

그래서 숨겨놓은 돈을 찾아, 먼 곳으로 도망칠 작정이었다.

마침내 진포객잔에 도착했다.

뒤뜰에 별관 다섯 개가 있는데, 그중 하나가 자신의 안가였다.

물론 다른 사람 이름으로 임대했고, 조심스레 진행했다.

다행히 마주치는 사람도 없었다.

그는 집 안으로 들어갔고, 지금까지 모아뒀던 재물을 모두 챙겼다.

생각보다 많았다.

'좋아. 이제 마을을 벗어나기만 하면…….'

"어, 형님."

막 진포객잔을 나오는 길이었다.

누군가 불렀고, 흑곰은 자신도 모르게 돌아봤다. 흑곰파 시절의 수하 중 한 명이었다.

꼴을 보니, 밤새 술을 마시고 나오는 것 같았다.

"도대체 어디 계셨습니까? 갑자기 사라지시고, 통 보이질 않던데요."

"아, 그게…… 갑자기 일이 생겨서 말이야. 그리고 당분간 내가 바쁠 것 같다. 너희들 알아서 잘할 수 있지?"

"뭐, 그렇죠. 평소 하는 일이니까요."

"그럼 수고해라."

허종은 손사래를 치며, 급히 떠나려 했다.

그런데 그때였다. 한 발짝도 떼기 전에 익숙한 목소리가 귓가에 들렸다.

[너라면 여기로 올 줄 알았지. 죽이진 않을 테니, 뒤쪽 골목길로 오너라.]

백면객의 전음이었다.

'망할 백면객. 내 비밀장소까지 알고 있었구나.'

허종은 머릿속이 복잡해졌다.

순간, 도망칠까도 생각했다.

하지만 이내 생각을 바꾸었다. 백면객이 죽이려 했다면 벌써 죽었다.

말을 건다는 얘기는 죽이지 않겠다는 의미했고, 어차피 지금 도망치는 것도 쉽지 않았다.

이 많은 재물을 들고 어떻게 도망을 쳐?

허종은 얌전히 골목으로 들어갔다.

백면객의 하얀 가면이 기다리고 있었다. 그리고 그에게서 상상도 못 한 이야기가 흘러나왔다.

"네에? 사, 사조운 소문주님이 죽었다고요?"

'역시 이놈은 아니군.'

백면객은 허종의 반응을 보고 있었다.

혹여나 허종이 이번 살인에 연루되어 있을지도 몰라서.

하지만 허종은 진짜 놀란 표정이었고, 관련이 없다고 판단했다.

'하긴, 그럴 만한 배짱은 없는 놈이지. 그럼 다르게 이용을 해볼까?'

백면객은 허종을 회유하기로 마음먹었다.

"앞으로 사흑파는 상당히 바빠질 것 같다. 너를 신경 쓸 여유가 없다는 뜻이지."

"가, 감사합니다."

"하지만 언젠가는 이번 일이 마무리될 것이고, 그럼 누군가는 네놈 일을 추궁하겠지. 그때는 어찌할 작정이냐?"

'뭘 어째? 네놈들이 못 찾게 꼭꼭 숨어야지.'

하지만 백면객은 마치 허종의 마음을 읽은 사람처럼 반박했다.

"물론 그동안 아주 멀리 도망칠 수는 있지. 하지만 평생을 쥐새끼마냥 숨어 지낼 수 있겠느냐? 갑갑하지 않을까?"

"……."

"차라리 이러면 어떨까? 이번 실수를 만회할 만한 새로운 임무를 주겠다."

"새로운 임무요?"

"그래. 너를 구해준 키 큰 녀석."

"철경 말입니까?"

"오호. 이름이 철경인가?"

백면객은 기억 속을 뒤져봤지만, 처음 듣는 이름이었다.

허종이 물었다.

"혹시 그 녀석이 소문주님을 죽인 겁니까?"

"아니다. 내가 판단하기론 그 녀석은 아니야. 하지만 요주의 인물임은 분명하지."

젊은 나이에 자신이 물러설 정도로 강한 무공을 지녔다. 앞으로 사흑파의 장애물이 될 수도 있었다.

그래서 간세를 심어놓을 작정이었다.

다행히 허종은 눈치가 빨랐다.

"그러니까 제가 그놈을 감시하고 보고하면 되죠?"

"그래."

"그런데…… 제가 백면객님을 믿어도 될까요?"

"무슨 뜻이지?"

"사실 제가 열과 성의를 다해 사흑파를 위해 일했습니다. 누구보다 백면객 님이 알지 않으십니까? 그런데 사조운 공자님께 죽을 뻔했습니다. 제가 어찌할 수 없는, 사소한 실수 때문에요."

"그건 사소한 실수가 아니지. 이 년 계획을 날려 버렸으니까."

"불가항력이었습니다. 천지개벽(天地開闢) 같은 일을, 제가 무슨 수로 철경을 막겠습니까?"

"조직에서는 그런 변명을 좋아하지 않는다."

"네에. 그렇겠죠."

허종은 입을 삐죽거렸다.

백면객은 그를 달래줄 필요성을 느꼈다.

이대로 일을 시킬 수도 있지만, 간세 역할에는 조직에 대한 충성이 필요했다.

'당근을 줘야지.'

백면객은 품속에서 작은 명패를 꺼냈다. 가운데 흑(黑)이란 글자가 박혀 있었다.

"사흑파의 단주를 상징하는 물건이다. 이걸 너에게 주지."

"정말입니까?"

허종은 명패를 받았고, 그사이 백면객은 사라졌다.

[나중에 다시 연락하마. 지금은 태전문에 잘 붙어 있어라.]

백면객의 전음을 들으며, 허종은 고민에 빠졌다.

명패를 보면서 한참을 생각했고, 결국 발걸음을 돌렸다.

태전문 쪽이었다.

역시 이대로 숨어 지내기에는 자신의 젊음이 아까웠다.

허종이 태전문으로 돌아가니, 벌써 짐을 다 싣고 떠나기 직전이었다.

허종은 곧바로 철경을 찾아갔다. 그리고 무릎을 꿇었다.

털썩.

"철경 님. 저도 데려가 주십시오."

그러자 철경 옆에 있던 태천화가 끼어들었다.

"어, 아저씨 도망친 거 아니었어요?"

"아니다. 내 짐을 가지러 간 거야."

허종은 급히 변명을 대며, 재물이 들어있는 보따리를 흔들었다.

물론 사람들은 이 안에 무엇이 있는지 모른다. 단순히 옷이나 짐인 줄 알 것이다.

실제로 모두 그런 줄 알았다. 그런데 철경이 의외의 말을 했다.

"같이 가고 싶으면, 입문해라."

"네에? 어디로?"

"태전문."

"진천문이 아니고요?"

태천화가 다시 끼어들자, 철경이 쳐다봤다.

태천화는 자신의 손으로 입을 막으며 대꾸했다.

"헙. 죄송합니다. 조용히 있겠습니다."

허종은 철경의 눈치를 살피더니, 고개를 끄덕였다.

"알겠습니다. 태전문에 입문하겠습니다."

그런데 이번에는 마가르가 끼어들었다.

"문칙이 있다. 자신이 가진 재산 중 반을 문파에 기증해야 한다."

"네에. 네? 반요? 재산의 반이라고요?"

허종은 깜짝 놀랐다.

태전문의 사람들도 놀라서 그를 바라봤다.

하지만 마가르는 당연하다는 듯 소리쳤다.

"문파가 무슨 자선사업체냐? 가입하는 즉시 문파의 보호를 받을 수 있고, 무공도 배울 수 있다. 가진 재산의 반을 기증함으로써 자신의 충성심을 증명하는 건 당연한 거야."

"끄응. 태전문 무공은 필요 없는데요."

허종은 혼잣말로 중얼거렸다.

사실 그의 실력은 태전문의 문주와 비슷했다. 굳이 무공을 배우지 않아도 되었다.

철경이 그를 태전문으로 입문시키는 이유도 그것 때문이다.

허종이 재산을 많이 가지고 있는 건 몰랐고, 태전문의 안전 때문에 끌어들인 것이다.

허종은 입술을 깨물었다. 그리고 결정을 내렸다. 재산이 아깝긴 하지만, 태전문에 붙어 있어야 할 이유가 있었다.

"좋습니다. 반을 드리겠습니다. 하지만 지금은 어수선하니, 나중에 따로 드리면 어떨까요?"

재산을 최소화하여 속일 생각이었다. 하지만 마가르가 계속 끼어들었다.

"뭘 나중이야? 당장 내야지."

"네에? 하지만 지금은 출발해야죠?"

"괜찮아. 바쁜 일도 없잖아. 지금 출발하나, 반각 후에 가나 똑같지."

'끄응. 이 늙은이가 정말.'

무슨 억하심정이 있어 이렇게 물고 늘어지나 싶었다.

반면 마가르는 자신만 당한 것이 너무 억울했다. 그렇게 허종에게 분풀이를 하고 있었다.

"저어, 철경 대협."

허종은 철경에게 도움을 청했다.

'정말로 이 사람들 앞에서 자신의 전 재산을 공개할 수는 없잖아.'

철경이 결정권자이니, 그만 넘어가주면 된다.

그 생각으로 자신이 지을 수 있는 최대한 불쌍한 표정을 지었다.

그런데 그것이 오히려 역효과였다.

철경도 처음에는 별생각 없다가, 허종이 계속 시간을 끌자 이상함을 느낀 것이다.

"지금 하지."

사형선고와 같은 말이 떨어졌다.

허종은 허탈한 심정으로 결국 보따리를 풀었다.

"허어. 자네 부자였군."

안에서 금괴나 전표가 나오고, 귀한 약초 같은 것도 나왔다.

사람들이 모여들면서 구경했다.

“흑곰파 두목이잖아요. 몇 년 동안 많이도 해 드셨겠죠.”

“그래도 이건 너무 많은데.”

“우와. 저건 어떻게 구한 거야?”

“이야.”

허종은 눈물을 삼키며 재물을 반으로 나누었다.

그러면서도 더 아끼는 것, 더 비싼 물건은 자신의 쪽으로 은근히 옮겼다.

그중에는 백면객이 준 명패도 있었다.

철경의 눈이 반짝였다.

무영문이 준 기본 자료를 전부 외웠었고, 그 명패에 대해서도 알고 있었다.

순식간에 어떤 상황인지 파악했다.

‘재미있군.’

설마 사조운 때문에 온 것일까?

조심할 필요성을 느꼈다.

생각보다 많은 재물이 태무경에게 전해졌다. 태무경은 부담감을 느끼며 마가르와 철경을 찾아왔다.

“이렇게 많은 돈을 받을 수 없습니다.”

“새로운 곳에서 자리를 잡으려면 돈이 필요할 거요.”

“그래. 마음 놓고 써.”

태무경은 곤란한 듯, 다시 말했다.

"게다가 그는 믿을 수 없는 사람입니다."

"그건 나중 문제요. 목적지에 무사히 도착하면, 그때 다시 생각해도 늦지 않소."

철경의 말이 맞았다.

나중에 배신할 수도 있지만, 당장은 먼 거리로 이사를 해야 한다.

옆에 철경이 있으니, 크게 걱정할 일도 없었다.

"휴우. 알겠습니다."

그렇게 하여 허종은 태전문에 몸을 담게 되었다.

잠시 후, 사두마차 한 대와 짐수레 세 대가 출발했다.

인원은 철경과 마가르, 자타르 의원, 흑곰 허종, 태조인의 가족 네 명, 용병 다섯 명까지 총 열세 명이었다.

잠시 후, 혈랑대의 곽우영이 철경에게 다가왔다.

"본대에 연락을 해두었습니다. 저희가 태전문이 새로운 곳에 도착할 때까지 호위를 하겠다고요. 새로운 낭인들은 그곳으로 바로 올 겁니다."

"고맙소."

"괜찮습니다. 돈을 받고 하는 일이니까요."

환자가 있고, 짐도 많다 보니 천천히 움직였다. 어려울

건 없었다.
다만 파사찰에서 멀어지는 게 아쉬웠다.
애초의 계획과는 다르게, 조사는 힘들 것 같았다.
'할 수 없지. 나중에 가 봐야지. 이 정도 속도면, 대략 십이 일 정도 걸릴 거야.'
반면 철경도 계획을 수정했다.
사실 그도 여기까지만 도와주고 태전문을 떠나려했다.
하지만 두 가지 이유 때문에 계획을 바꾸었다.
일단 무영문에서 자료가 넘어오지 않았다. 그 자료가 있어야 두 번째 복수를 시작할 수 있었다.
그리고 마가르와 태조인이 준 무공비급을 보고, 살짝 충격을 받았다.
몇 번이고 봤지만, 자신이 익힌 무공과 달랐다.
완전히 다른 무공이었다.
'같은 문파의 같은 사부에게 배웠는데, 어떻게 다를 수가 있지?'
그런 의문으로 세세히 살폈다.
내공의 구결이 달랐다.
초반에는 같지만, 중반부터 달라지고 후반부에는 전혀 다른 내용이 적혀 있었다.
초식도 달랐다.
역시 기초 도입부만 같았고, 점점 달라졌다. 순서가 바뀐 것도 있었고, 완전히 새로운 초식도 보였다.

물론 두 사람에게는 금륜안이 없었다.

진천무경 중, 내공을 하나씩 선택하여 배웠다.

태조인은 목하시류결을 바탕으로 경공, 퇴법으로 일가를 이루었고, 마가르는 생어토결을 기반으로, 단단한 외공과 권법을 대성했다.

철경의 사부인 강을정 역시 생어토결을 공부했었다.

그러니 마가르 사숙과 같아야 정상인데.

왜 다를까?

철경은 궁금해서 마가르를 찾아갔고, 그는 간단히 대답했다.

"홍소운 영감탱이가 괴물 중의 괴물이거든."

자신의 사부였던 십칠 대 장문인을 들먹였다. 철경의 입장에서는 태사부가 되는 인물, 실종되었다던 그 사람이었다.

"그 영감이 성격은 정말 지랄 같은데. 무공으로는 진짜 천재야. 흔히 무재라고 하잖아. 그중에서도 그런저런 무재가 아니라, 천무지체, 하늘이 내린 진짜 알짜배기였어."

마가르의 말에 따르면, 홍소운은 무공만큼은 진심이었다.

제자를 받아들일 때 신체적 특징과 혈맥의 굵기, 개인의 성격까지 고려하여 무공을 만들어준다고 한다.

"오래 걸리지도 않아. 그냥 한 번만 보고, 견적이 딱 나오나 봐. 손짓을 몇 번 하다보면 초식을 만들어내고, 숨 몇 번 쉬면 심법이 뚝딱 만들어지지. 흐흐흐. 거짓말 같지?”

내공심법의 구결은 중요했다. 단 한 글자만 바뀌어도 주화입마에 걸릴 수 있다.

그래서 조심스러웠고, 위험했다. 몇 대에 걸쳐 구결을 보완하고 수정하는 것이 일반적이었다.

‘그런데 상대를 보고 쉽게 바꾼다?’

마가르의 말이 진실이라면, 홍소운이야말로 전대미문의 천재였다.

마가르는 진천문을 싫어하고, 홍소운 태사부를 진심으로 미워했다. 그럼에도 무공만큼은 인정하고 있으니, 거짓말은 아닌 것 같았다.

철경은 그 이야기를 듣고, 한 가지 욕심이 생겼다.

생어토결을 가장 먼저 익혔고, 금륜안이 열리면서 목하시류결을 두 번째로 익혔다.

그리고 세 번째 내공은 포기하고 있다가, 화천백 덕분에 천뇌전공을 익혔다.

몸에 스며들도록, 열심히 수련했었다.

하지만 그저 배운 대로만 움직였을 뿐이다.

사부님의 말씀에 따라 익혔고, 몸이 기억하는 대로 싸웠다. 남들이 만들어놓은 내공과 초식을 무작정 외웠고, 사용했다.

내 신체에 맞게, 무공을 바꿀 생각은 하지 못했다.

홍소운 태사부의 방식은 신선했고, 그만큼 충격을 주었다.

'그래. 사람들의 신체는 다르다. 마가르 사숙은 키는 작지만, 단단하다. 사부님은 마르지만, 날렵하고 부드러운 관절을 지녔지. 그리고 나는 크고 단단하다.'

같은 무공을 익혔지만, 신체가 다르다. 성향도 다르고 즐겨 쓰는 초식도 다를 것이다.

당연한 결과였다.

철경도 익히면서 맞지 않는 초식이 있었지만, 억지로 맞추었다.

하지만 그런 무공은 백년이 지나도 완벽해지지 않을 것이다.

완벽해지려면, 내 신체, 내 성향, 나에게 맞게 무공을 바꾸어야 한다.

'그래. 바꾸어야 한다. 진천무경의 내공과 초식 모두.'

생각해 보면 진천무경은 정형화된 무공이 아니었다.

특히 금강철인의 마지막 구결을 보면서 확연히 깨달았다.

너무 두루뭉술하게 적어놓아, 이해하기 힘들었다.

볼 때마다 생각이 달라졌다. 이렇게 생각할 수도 있고, 저렇게 생각할 수도 있었고, 상황에 따라 달라지기도 했다.

태조인 사숙을 보면 더욱 분명해진다.

그는 목하시류결의 내공을 익힌 후, 퇴법과 경공을 극한으로 익혔다. 그리고 '천을미리보'라는 자신만의 보법을

창안했었다.

철경도 사용해보니, 내공의 소모가 훨씬 적고, 움직임이 편하고 은밀했다. 그는 자신에 맞게 무공을 바꾸고, 재탄생시킨 셈이다.

'나도 해야 한다.'

나도 내 몸에 맞게 무공을 바꾸어야 한다. 그래야 화경의 경지에 오를 수 있다.

철경은 욕심이 생겼다.

그때부터 무공에 매달렸다.

어차피 무영문에게 연락이 올 때까지 기다려야 하니, 마음을 비웠다.

마음 놓고 무공수련에 전념했다.

온종일 무공만 생각했다.

철경은 해가 뜨기 전에 일어났다.

정확히 인(寅)시가 되면 눈을 떴고, 일행을 벗어나 조용한 곳으로 갔다.

내공을 사용하지 않고, 순수하게 다리 힘으로 달렸다. 그렇게 몸을 풀고, 아무도 없는 곳에서 수련을 시작했다.

처음에는 배운 것을 풀어냈다.

사부님에게 배운 것을 떠올리며, 하나씩 펼쳤다.

이어서 마차가 이동하면서 생각했던 것들을 적용시켰다.

이상하고 어색했다.

생각했던 것과는 다르게 흘러갔고, 다른 부작용이 생겼다.

'그래. 쉽게 될 리 없지.'

초식도 조금 더 생각하고, 깊게 고민할 수밖에 없었다.

이어서 내공을 살폈다.

더욱더 조심스러웠다. 자칫 주화입마에 걸릴 수 있으니, 한 걸음 한 걸음 두드리면서 나아갔다.

당연히 진행이 느렸고, 집중할 수밖에 없었다.

어찌나 집중했는지, 한 번 하고 나면 온몸이 땀에 흠뻑 젖을 정도였다.

모르는 길을 개척하는 것이 얼마나 힘든 일인지 깨달았다. 그리고 내 몸속에서 무슨 일이 벌어지는지 다시 한번 생각하게 되었다.

그런 것들은 철경에게 의미가 있었다.

본인에 대해, 그리고 본인이 익힌 무공에 대해 더 고민했고, 더 많이 알게 되었다.

이것이야말로 진정한 의미의 관조였다. 철경은 자신도 모르는 사이에, 한 단계 올라서고 있었다.

그렇게 열흘이 흘렀다.

"휴우우."

철경은 날숨을 뱉으며, 뭉친 기를 풀었다.

운공이 한결 편안했다.

십 년을 넘게 익혔는데, 어느 때보다 부드럽게 흘러갔다.

너무 자연스러웠고, 마치 내 몸에 맞는 옷을 입은 느낌이었다.

잘하고 있다는 증거였다.

"쌍성입아."

두 주먹을 교차로 휘두르는 초식이었다.

콰직.

커다란 바위 하나가 분쇄되었다.

예전에는 단지 깨진 정도였다면, 지금은 으스러져 가루가 되었다.

두 배 이상 위력이 강해진 것이다.

게다가 생어토결은 구성, 목하시류결은 칠성, 천뇌전공은 오성으로 모두 한 단계씩 성장했다.

'이런 식으로 간다면, 곧 세 개의 내공을 대성할 수 있을지도.'

그렇게 정리를 하고, 야영지로 돌아갈 때였다.

야영지 입구 쪽에서 누군가 서성였다.

To be continued